COLLECTION FOLIO

Denis Tillinac

Incertains désirs

Gallimard

Né en 1947 à Paris, Denis Tillinac est écrivain, journaliste, éditeur. Il a publié des romans, des récits et des essais, couronnés par de nombreux prix littéraires.

Pour Henri.
Pour mon ours.

Les feuilles tombaient, les hirondelles s'en allaient, les vacances s'éternisaient. L'automne étalait ses rousseurs autour du village où somnolaient des vaches blanches.

Le temps coulait avec lenteur, on n'en voyait pas la fin. Le clocher égrenait les heures ; ses tintements monotones rendaient à mes expectatives un écho doucereux. Mon oisiveté ne savait pas à quel songe se vouer.

La nuit finissait par disposer ses ombres. Le village s'endormait, ma solitude broyait du noir en écoutant le vent chanter dans les arbres. De loin en loin des voitures passaient sur la route. Puis disparaissaient. Elles allaient quelque part. Moi, je restais à demeure. Jusqu'à quand ? Il faudrait bien tôt ou tard lever ce bivouac de vingt-quatre années aux frontières brumeuses de la réalité.

Je venais de m'inscrire à la fac pour pouvoir tirer une année de plus sur la corde de l'irrésolution. Philo, lettres, histoire ? Tout sollicitait ma curiosité, rien ne la retenait. Rien de constant ne se profilait sur ma ligne d'horizon, j'ébauchais des projets, je les laissais en rade. J'ai choisi philo, au dernier moment, avec le propos vague d'explorer le sens de la vie, en tant que de besoin. Une conjonction de hasards me l'ayant octroyée, autant lui présumer un sens. Mais lequel ? Pour l'heure j'étais la proie de désirs aussi capricieux que les ciels d'automne, surgis à mon insu dans les cantons les moins repérables d'une âme en forme de kaléidoscope. Je les exaspérais en écoutant des disques sur mon électrophone. Déjà je n'aimais pas la musique du temps présent, je préférais les sonorités de mon adolescence. De Gaulle venait de mourir, les Beatles s'étaient séparés ; bien que fils unique d'un couple de bourgeois moyens à tous égards, je me sentais plus orphelin qu'héritier.

Au début de l'été j'avais trouvé un emploi de barman dans un hôtel de Vichy qui ressemblait à une proue de navire. J'aimais assez régner sur mon percolateur et mon régiment de bouteilles, derrière le comptoir d'acajou. Mes clients étaient presque tous des curistes, ils entraient dans mon bar avec leur gobelet d'osier au poignet puis allaient écouter un orchestre dans le kiosque à musique ou un conférencier qui leur racontait comment la Sévigné prenait les eaux.

Hélène détonnait. Elle avait l'âge de ma mère, ou pas très loin. Au début, cette circonstance m'intimidait, je l'appelais Madame. Rousse avec des yeux verts et un sourire embué qui semblait avoir pris son parti des pires aléas. Elle habitait Le Havre, ses parents venaient de périr dans un accident d'avion, elle s'occupait seule d'une entreprise familiale de travaux publics.

Elle n'avait pas le teint cireux et les yeux jaunes des hépatiques, elle faisait plutôt la cure pour ramener le compteur à zéro et d'ailleurs elle sirotait un Martini blanc avant chaque repas. Je mettais un zeste de citron dans son verre et je le posais devant elle en affectant de m'incliner. Elle trouvait drôle qu'un étudiant se déguise en barman avec la veste blanche et le nœud papillon. Je forçais sur le rôle pour la divertir. « Madame est servie. »

Madame souriait, je l'attendrissais. Elle revenait prendre son café, une connivence muette s'installait, elle était toujours ma dernière cliente. Silhouette de luxe assise sur un tabouret devant le comptoir. Elle allumait ses cigarettes avec un briquet en or. Si je m'en souviens, par-delà trois décennies, c'est qu'elle me l'avait offert, pour que je l'oublie moins vite.

Elle me parlait de ses parents, de son travail, de sa vie au Havre dont la teneur en romanesque laissait à désirer. Les travaux publics, c'est prosaïque. Elle aurait aimé vivre ailleurs, mais elle ne pouvait pas. Ailleurs et autrement. Un fiancé l'avait plaquée sans préavis, elle était plus ou moins résignée au célibat. Je la trouvais touchante pour une adulte. Je n'avais à lui raconter que les menues chimères d'un étudiant lambda qui s'était brûlé les ailes dans la capitale. Ça lui plaisait apparemment, elle n'avait pas connu le genre de palabres où l'on refaisait le monde avec des gros mots empruntés à des idéologues. Elle voulait savoir où je me situais dans la nébuleuse des idées contestataires. Nulle part. Elle hochait la tête. Rousse avec des tailleurs classiques, une perle noire aux reflets verdâtres en pendentif. Et ces yeux d'un vert ambré qui s'apparentait à celui d'un lagon. Je n'avais jamais vu de lagon, j'en présumais la couleur comme je présumais tant de choses sur la foi de mes songeries.

Je retrouvais Hélène après mon service, dans un salon de thé ou une galerie de peinture. Mes verdicts péremptoires sur les croûtes allumaient des sourires maternels au coin de ses lèvres. Plutôt charnues, les lèvres, autant qu'il m'en souvienne. Nous allions marcher dans les parcs qui longent l'Allier, je lui montrais le chalet de Napoléon III, celui de sa maîtresse. Elle confondait les Bonaparte, les styles et même les siècles, ses repères historiques étaient flous, sur ce plan au moins j'avais un avantage et j'en usais copieusement.

Au bout de peu de jours le tutoiement entrouvrit des vannes. Elle m'embrassait sur les joues quand nous nous quittions ; son parfum m'accompagnait dans la soupente que j'avais louée, derrière la gare. Elle m'emmenait dîner au restaurant, à ses frais et pour cause. Lorsque le serveur amenait l'addition, elle me tendait discrètement une liasse, pour sauver les apparences.

Je parlais tout le temps, elle m'écoutait en souriant. Elle me demandait ce que j'allais devenir. Je n'en avais pas la moindre idée. Mes copains voulaient être ministres, plombiers, cinéastes, milliardaires. Moi, je voulais la lune, mais comment la décrocher ? D'ailleurs, « moi », je ne savais pas au juste qui c'était. Des exaltations, des exaspérations transitaient en se bousculant sur le seuil de ma conscience, ça faisait un charivari assez indéchiffrable. J'étais le voyeur ahuri de mes atermoiements, mon cœur battait des chamades sur des tempos divers, je l'écoutais en essayant de régler le son et de suivre le rythme. Le puits de mes convoitises était sans fond, je voulais toiser le monde, le comprendre et l'assujettir, rien de moins. Mais le monde opposait à mes velléités une indifférence assez désobligeante ; je savais trop qu'il tissait sa quenouille sans s'occuper de moi. Les revanches que j'escomptais étaient vagues, je les projetais dans un avenir indéterminé : après la fac, après le service militaire.

Mon irrésolution attendrissait Hélène. Je m'en apercevais, j'en rajoutais, j'avais envie de lui faire plaisir. J'étais son brin de fantaisie, de poésie, un petit clown pour cet entracte de sa vie, dans cette ville crémeuse, avant de retrouver Le Havre et les travaux publics. Elle aimait m'entendre dire que je finirais mal et que je m'en fichais pourvu qu'auparavant j'aie commis quatre vers irrécusables, ou allumé les feux d'une révolution dans quelque jungle équatoriale. Pas la révolution en rouge et noir des gauchismes à la mode. Une autre, plus radicale. La mienne. Mes lubies ne doutaient de rien, j'étais un étudiant au long cours à l'orée des années soixante-dix, reclus à titre provisoire dans un monde qui allait sur sa fin.

Un soir, Hélène décida que nous irions jouer à la boule au casino. Je ne connaissais que celui de Biarritz. Une émotion m'a assiégé lorsque je me suis retrouvé devant une table de jeu avec un croupier en smoking noir qui ânonnait « Rien ne va plus ». Biarritz, c'était la ville de ma cousine Bérénice, dont je suis amoureux depuis ma prime enfance. Quand j'allais la voir, elle m'emmenait jouer à la boule, j'y dilapidais tout mon argent de poche. Après, nous descendions sur la plage et je l'écoutais me raconter ses dernières amours en regardant les lumières des bateaux qui sortaient de l'Adour.

Étais-je à Biarritz ou à Vichy ? Hélène me donnait des sommes qui me paraissaient considérables. Elle trouvait du plaisir à me voir tergiverser avant de poser mon jeton, toujours au dernier moment, toujours en regrettant mon choix. « Faites vos jeux. » Elle était à côté de moi, je respirais son parfum. Je me retournais, je buvais son sourire, j'avais envie de poser mes lèvres sur les siennes, religieusement. C'était déjà beaucoup pour mon orgueil de sortir au casino avec une femme de cet aloi. Il y avait aussi la différence d'âge.

Je finissais par perdre son argent. Nous sortions. La nuit était tiède, les curistes déambulaient sous la promenade couverte qui entoure le parc du casino. Hélène n'avait pas sommeil. Nous prolongions la soirée devant une coupe de champagne, dans cette brasserie dont j'ai oublié le nom, de style Belle Époque, aux murs couverts de photos d'actrices et de chefs d'orchestre. Je croyais vivre un songe de luxe et de volupté, il s'évaporait tandis que je remontais à pied l'avenue pas très gaie qui mène à la gare, ses images réapparaissaient dans mon sommeil, associées à des réminiscences de romans et situées sur une plage à Biarritz.

Nous avons assisté à un récital de Cziffra dans le même casino. J'avais emprunté une cravate à un serveur de l'hôtel pour ne pas trop dépareiller ; tant de lustres scintillaient au-dessus de ma tête, et tant de verroterie sur les décolletés. Hélène avait maquillé son visage, le vert de la prunelle ressortait davantage. J'étais transi de joie. Cziffra interprétait des rhapsodies hongroises à une vitesse telle que je le soupçonnais de manger des notes. Mais quel brio ! Il s'agirait de vivre à ce galop fiévreux, je croyais comprendre que le ciel m'adressait une invite par le truchement de Liszt que je connaissais à peine de réputation.

Après le récital, nous avons fait le tour de la promenade couverte. Hélène était songeuse. Un reste d'exaltation redevable au pianiste m'éperonnait les méninges, je m'évadais de ma gaine de peau, un autre me supplantait, plus altier, moins gourmé ; la main d'Hélène accrochée à mon bras accréditait l'illusion de cette métamorphose.

Aux abords de l'hôtel, elle m'a proposé de prendre un verre dans sa chambre. Je n'avais pas exclu que nous en vinssions là mais je préférais ne pas y penser. Je suis entré par une porte de service. Il ne fallait pas que le veilleur de nuit me voie passer, la directrice n'attendait qu'une occasion pour me virer, elle désapprouvait ma familiarité avec les clients.

La chambre d'Hélène donnait sur les parcs. Elle a sorti du frigidaire une demie de champagne, m'a laissé le soin de la déboucher. Sa main baguée d'or a caressé mes cheveux. La mienne a frôlé son épaule. Le goût de son rouge à lèvres avait quelque chose à voir avec le phrasé de Liszt, dans ses moments de langueur. La lampe s'est éteinte. Cette femme de chair au bout de mes doigts, c'était vertigineux.

Officiellement, les mœurs étaient libérées, la pilule avait changé la donne ; mais on ne couchait pas comme on se douche, il s'en fallait de beaucoup. Acquise en tâtonnant sur un nombre restreint de ventres peu experts, ou trop, ma science demeurait lacunaire. J'étais timide avec les filles ; or une femme qui aurait pu être ma mère entreprenait mon déshabillage avec les gestes sûrs d'une couturière. J'avais peur. Hélène a dû le sentir, elle m'a violé avec une rare délicatesse. À l'instant crucial je ne savais plus si je m'envolais avec elle ou avec Bérénice, ma cousine aussi avait pris toutes les initiatives et son rouge à lèvres devait être le même.

Nous récidivâmes chaque nuit jusqu'au départ d'Hélène. Vers la fin, c'était plutôt moi le violeur. Cette inversion des rôles ne changeait rien à la texture de mes émotions ; un secret majeur allait se dévoiler au paroxysme de notre intimité, sous l'égide de Liszt dont les cavalcades accompagnaient les parcours labyrinthiques de mes mains. Nous approchions les limites de l'indicible, nous les franchissions avec une audace miraculeuse mais il n'y avait derrière la douane que deux anatomies encombrées de leur nudité. Le parallèle s'imposait avec les élans mystiques desquels il m'arrivait d'être le jouet : des anges m'ouvraient un vaste ciel, je n'y voyais que du bleu.

La dernière nuit, les yeux verts d'Hélène se sont embués de larmes. Elle allait retourner au Havre. Je lui ai proposé de la suivre. Elle m'a répondu que ça n'aurait pas de sens et je savais qu'elle avait raison. Gigolo au bout de la Seine, ce métier n'entrait pas dans mes vues exotiques, j'aspirais à d'autres confins. Après le baiser d'adieu, elle m'a dit « Merci ». Il n'y avait pas de quoi.

J'ai gardé sa photo. Un visage plutôt rond, des yeux pleins d'indulgence. Elle m'avait laissé un numéro de téléphone mais je n'ai pu me résoudre à l'appeler. Que lui aurais-je dit ? Comme j'ai de la suite dans les souvenirs, je repense à elle chaque fois que j'écoute Liszt. J'y repensais en apercevant les lumières du Havre, la nuit, depuis Trouville où parfois j'allais écouter le ressac de la mer lorsque je séjournais à Paris. Son fantôme revient me hanter discrètement quand je transite à Biarritz, de sorte qu'il rôde aussi dans mon village natal, autour du jardin public où ma cousine m'avait servi son corps sur un tapis de feuillage, l'été de mon premier bac.

L'image la moins brouillée est toujours la même : ses larmes silencieuses de la dernière nuit, dans la chambre de cet hôtel qu'on a démoli depuis.

Je ne me suis pas attardé à Vichy après le départ d'Hélène. Une chambrière m'avait dénoncé, la directrice m'a éconduit. Je l'ai traitée de vieille conne. Elle m'a rétorqué en ricanant que j'avais couché avec une femme plus âgée qu'elle, c'était de bonne guerre. Où irais-je ? Mes parents bronzaient à Cavalaire, je n'avais pas envie de les y rejoindre. Nos liens étaient courtois mais empreints de méfiance, ils se demandaient ce que j'allais devenir. Je voulais tout, et ses contraires, sauf devenir ce qu'ils étaient. J'aurais pu aller retrouver Bérénice à Biarritz mais elle s'était amourachée d'un autochtone : un soupirant ne gagne rien à tourner au confident ; moins j'en savais, moins mal je m'en trouvais.

Je suis allé craquer ma paye dans les bars à flippers de Vevey avec un copain dont le père travaillait chez Nestlé. Je n'osais pas lui confier mes amours brèves avec Hélène, j'étais seul avec mon regret. Le soir il s'exaspérait, quand les lumières de Thonon se reflétaient sur le Léman ; j'aurais voulu être au Havre. J'ai fini par rentrer à Bercy au volant de cette deux-chevaux blanche, offerte par mon père en récompense de mon diplôme et qui, dans mon esprit, figure la mascotte de ce moment de ma vie.

Bercy est un endroit où mes ancêtres ont planté leurs pénates. Sa localisation importe peu ; nous étions encore nombreux, dans l'après-guerre, à sortir d'un de ces patelins qu'on aperçoit du train ou de l'autoroute et que désormais les nationales contournent pour gagner du temps. Mon bucolisme a eu de quoi s'épanouir autour d'un clocher sept fois centenaire et d'une maison de famille construite de ses mains par mon arrière-grand-père. La route dite de l'Est longe le mur du parc en sortant du bourg ; d'où peut-être ces fringales de grand large, avivées par le prestige d'un oncle qui a servi dans la coloniale. Mon imagination larguait les amarres lorsque le facteur boiteux tirait de sa sacoche des lettres postées d'Atâr, de Hanoi ou de Matadi. Je gardais les timbres, reliques d'un culte rousseauiste que je célébrais en secret. Mon rousseauisme a pris des plombs dans l'aile, mais toute ma vie j'ai gardé le secret sur mes sentiments, quels qu'ils fussent. C'est lourd à porter. Bref. Un jour je partirai là-bas, fabulais-je en effeuillant le dictionnaire, et je vivrai parmi les indigènes, nu comme Tarzan ; je renouerai avec l'animalité, je bondirai de liane en liane, je fraterniserai avec les panthères, les sapajous, les boas.

En guise d'évasion je n'ai eu droit qu'à Moulins pour la durée de mes études secondaires. Pour moi c'était un bout du monde, sans être le centre de rien. Ensuite je suis monté à Paris. C'était le centre d'un monde qui ne pouvait pas être le mien. Beaucoup d'ismes fleurissaient à la fin des années soixante dans les milieux universitaires, aucun ne reflétait tant soit peu le pot-pourri de mes aspirations. Mon bucolisme, mon rousseauisme étaient en pénitence. J'ai bourlingué en stop sur des routes d'Europe où les indigènes vivaient en gros comme à Bercy, comme à Moulins, comme à Paris. J'ai lu des livres, trop de livres et trop hâtivement ingurgités pour ne pas aggraver mes équivoques. Autant les ruminer dans mon petit village, au moins j'avais mon intégrale poétique à portée de regard : le clocher entre les marronniers du parc, des toits marron, des collines dans le lointain et derrière ma chambre le cimetière avec sa chapelle et sa petite forêt de croix. Où que j'allasse baguenauder, cette imagerie m'intimait discrètement de revenir au terrier. Dont acte.

Cet été-là, j'avais mis la photo d'Hélène sur la cheminée de ma chambre, je la regardais pour me convaincre que je n'avais pas rêvé. Ma mère n'osait pas me demander qui était cette femme mais elle n'en pensait sûrement pas moins. Peu m'importait; un orgueil enfantin hissait ma solitude sur les cimes de la fatalité : mes parents et moi, le monde et moi étions faits pour ne pas nous comprendre. Je mettais sur mon tourne-disque un microsillon acheté à Lausanne : la rhapsodie n° 2 de Liszt. Non, je n'avais pas rêvé. Enfin, pas tout à fait. Plus exactement, je rêvais ce que j'avais vécu, si l'on peut dire, dans le commerce vaporeux d'une *vraie* femme décomposée, recomposée par une mémoire tricheuse. Le disque s'arrêtait, mon cœur battait tout seul. Des voitures passaient sur la nationale. Comme elles ralentissaient, à cause du virage, je pouvais lire le numéro d'immatriculation ; je connaissais le port d'attache, j'imaginais l'accostage.

Aude rompit le cours de mon oisiveté en me téléphonant de Moulins. Elle voulait savoir ce que j'étais devenu. Rien. Et toi ? Pas grand-chose non plus. Elle a suggéré que nous nous revoyions en copains. J'aurais dû me méfier : une fille n'est jamais un copain, après, sauf si la vie a pris le temps de noyer les sentiments. Et encore. Je suis allé à Moulins et nous nous sommes retrouvés sur une banquette du Grand Café. On l'appelait le Grand Jus. Dans une ville de province il y a toujours une brasserie où la jeunesse dorée se récapitule. Nous étions moyennement dorés mais tout de même, il a fallu un terreau bourgeois pour que mon égotisme en soit venu à tant d'extrémités.

Aude était aussi jolie, impétueuse, versatile et gourmande qu'avant. Nous nous sommes embrassés sur les joues, nos regards ont essayé de s'éviter mais la désinvolture que nous affections ne sonnait pas juste. Aude a fini par me tendre sa paume, la mienne s'est posée dessus, ses ongles peints en mauve m'ont griffé le poignet ; sa moue faussement désolée en conclut logiquement que nous repartions pour un tour de manège amoureux.

Nos liens remontaient à l'année de mon second bac. On pourrait la dater. Elvis chantait *In the Ghetto* dans tous les juke-boxes de Moulins. Aude redoublait sa première. Blonde aux yeux gris avec des couettes, élancée, la voix haut perchée, l'air de n'avoir peur de rien ni de personne. Quand elle serrait les lèvres ou fronçait les sourcils, on s'attendait à en prendre pour son grade. Une présomption de dévergondage l'auréolait d'un prestige équivoque : elle fumait, elle buvait et, murmurait-on, elle couchait. On comptait sur les doigts d'une main les filles du lycée qui couchaient.

Le printemps s'épanouissait, le professeur de philo avait ouvert le chapitre de la liberté. Nous le prîmes à la lettre en séchant les cours de l'après-midi pour décamper sur ma mobylette bleue. Image sépia de notre allégresse juvénile : le franchissement du pont de Régemortes qui enjambe l'Allier et donnait accès à la zone libre durant l'Occupation, je tenais l'information de mon père. Moi au guidon, Aude en croupe, braillant les tubes du moment. Nous prenions la route de Souvigny, faisions escale dans une auberge et Aude sortait un paquet de Craven rouge sur lequel était dessiné un chat noir. Une cigarette pour deux : ainsi scellions-nous un pacte d'irrégularité. Un chewing-gum Hollywood pour deux le paraphait, c'était à ce petit jeu que nos lèvres avaient fait connaissance.

Nous avions trouvé à l'écart d'un chemin une clairière propice. Aude s'allongeait sur les pâquerettes et simulait le sommeil tandis que mes mains se hasardaient fébrilement sous sa jupe écossaise. Au fil des jours elles osaient davantage, et les mains d'Aude en vinrent à se mouvoir aussi. Il s'ensuivit, par une pente fatale, des déhanchements sur son corps laiteux de blonde qui ressuscitaient mes ébats avec Bérénice, au jardin public du village. Aude était moins délurée que sa légende, moins intrépide que ma cousine ; je lisais de l'effroi dans son regard. Ce que nous commettions était encore de l'ordre du sacrilège, et pouvait se payer cher en monnaie de discrédit. Il y avait aussi le risque d'une procréation inopinée. Bérénice, hélas, connaissait la musique ; tandis que Aude se livrait à moi sans réserve mais en toute conscience des périls encourus, avec des « Je t'aime » déchirants. J'ai fini par lâcher « Je t'aime », faute d'avoir trouvé des mots plus adéquats. À supposer qu'ils existent dans notre langue. Les mots ne sont pas toujours anodins, on croit qu'ils s'envolent, parfois ils trompent la réalité, parfois ils l'enfantent, ou du moins la capturent.

Ayant tiré l'amour à la loterie du langage, il m'a fallu le boire.

Je fus dans le même temps un bachelier de raccroc et un amoureux de tragédie. Nous traversâmes l'été comme un météore dans le ciel en un précipité sulfureux d'étreintes sublimes et d'engueulades salées. Souvent l'une après l'autre, sans transition. L'état d'amoureux dispose à la jalousie, avec rétroactivité. Aude n'avait couché qu'avec un type, une seule fois. C'était une fois de trop, et pas moyen de l'effacer. Le malheur entrait dans ma vie. Bérénice aussi s'était bradée à un autre mais je n'avais sur elle aucun titre de propriété ; depuis l'adolescence il était acquis qu'elle n'était pas amoureuse de moi, et si je gardais un espoir, c'était dans un futur lointain : elle avait été l'aube, elle serait peut-être un crépuscule.

Aude m'appartenait de plein droit. Je voulus savoir avec qui elle m'avait « trompé », pour offrir une cible à ma souffrance. Un pion du lycée Théodore-de-Banville. Je voulus savoir quand, où et comment. Aude me suppliait de ne plus la torturer. Impossible. Une logique sinistre était en branle, je me souillais de haine, j'avais honte de moi, il fallait qu'elle en prît sa part en se vautrant dans l'humiliation. De sorte que nos apartés dans la clairière prirent un tour de violence fielleuse, il m'importait de posséder Aude davantage que ce pion ; j'exigeais d'elle des indécences extrêmes, dont je n'étais pas fier, après coup. Nous nous sommes déchirés salement. Menacés de mort. Séparés en août où j'ai accompagné mes parents à Cavalaire. Réconciliés en septembre sur une banquette du Grand Jus.

Des gifles ont fusé, avec retour à l'envoyeur. Des larmes, des étreintes n'importe où, une grange au bord de la route, la chambre de ses parents à Jaligny, le jardin public de Bercy que je profanais par le fait. Des années plus tard, Aude m'a avoué qu'elle avait essayé de tomber enceinte. Pour se venger de moi. Pour en finir avec ce maelström de cruauté qui nous entraînait dans une géhenne insoutenable.

Par chance j'ai été reçu au concours de Sciences-Po et je suis allé à Paris, le cœur chiffonné, le reste en jachère. Mon père avait hérité d'un oncle un studio dans une rue à quatre numéros derrière la bibliothèque de l'Arsenal. J'y ai vécu trois ans. Aude est restée à Moulins pour faire sa terminale. Elle aurait pu me rejoindre après son bac, mais elle n'avait pas très envie de s'expatrier et je n'ai pas insisté. Elle m'écrivait des lettres enflammées ou désespérées, assorties de menaces qui visaient juste, elle ne savait que trop où le bât me blessait.

Trois années durant nous avons été une parodie de couple avec des éclipses, des écarts, des adieux, des rémissions dans la chambre de bonne que ses parents lui louaient au bord de l'Allier, en face du stade municipal. Je n'étais plus amoureux d'elle. Peut-être ne l'avais-je jamais été. Ou si peu. Sans cette histoire de pion, qui exigeait à la fois des représailles et de la vigilance, j'aurais pu tomber amoureux d'une autre, il y avait des filles désirables à Sciences-Po, il y en avait à Cavalaire aussi et je n'étais pas enclin à la monogamie. La jalousie entretient les sentiments autant qu'elle les défigure. J'aurais préféré qu'Aude ne fût pas dans ma vie mais puisqu'elle y était entrée je ne voulais pas qu'elle en sorte. Ou alors, pour se cloîtrer dans un couvent. Encore eussé-je été capable d'être jaloux de Dieu. L'idéal eût été qu'on la réduisît, comme il était d'usage chez les Indiens : j'aurais gardé sa tête dans ma poche, en manière de talisman.

Au bout de deux années, et pour en finir avec le bric et le broc de notre liaison, nous décidâmes de convoler. Plus exactement, Aude en émit le souhait, j'y consentis par lassitude. J'en avais marre de Paris, l'air du temps s'y raréfiait ; mes copains militaient, se mariaient ou travaillaient, ce qui à l'aune de mes velléités revenait au même. Mieux valait prendre congé du siècle, il saurait bien me rattraper s'il avait dans sa besace une aventure qui en vaille la peine.

Le père d'Aude était notaire à Jaligny, le mien pharmacien à Bercy : les noms de lieux rimaient, les milieux étaient compatibles, rien ne paraissait plus cohérent que d'acoquiner nos hectares respectifs, et les bêtes à cornes qui paissaient dedans. Une certaine endogamie sociale prévalait encore dans ces contrées. Les noblaillons qui survivaient dans quelques châteaux convolaient en blasons clos à l'instar des tribus que mon oncle avait administrées, les bourgeois de campagne les singeaient. Ma mère trouvait opportun qu'à défaut d'avoir levé une particule, je rapprochasse notre famille de celle d'un notaire de Jaligny. Mon père était plus réticent, il me conseillait l'attentisme. « Tu n'es pas mûr ! » C'était le moins qu'on puisse en dire, je le savais pertinemment et n'avais pas du tout l'intention de mûrir, dans le sens où il l'entendait.

Les parents d'Aude étaient impatients de caser leur fille aînée, il en existait deux autres derrière, dont une si moche qu'ils devraient ne pas lésiner sur la dot. Je détestais cordialement ce notaire pansu, couperosé, pontifiant ; et plus encore sa rombière qui se prévalait d'une amitié conjoncturelle avec l'épouse du préfet. Il ne m'aurait pas déplu que les métayers de leurs domaines les trucidassent à la fourche et missent le feu à leur maison. Un climat tendu régnait dans cette maison qui se donnait des airs de gentilhommière avec sa tourelle, sa vigne vierge et un portail de fer forgé hors de proportion avec la taille du bâtiment. Les trois sœurs se jalousaient, Aude balançait ses coups de griffe, c'était l'aînée, la plus jolie, elle voulait faire la loi.

Les familles se reçurent. Elles se connaissaient déjà. Il y eut des tractations financières dont les attendus m'échappaient. Je croyais juste comprendre, en écoutant mes parents, que le notaire ne laissait rien au hasard : nos biens seraient séparés par contrat. Des fiançailles furent envisagées. Je les récusai, Aude s'inclina. Force me fut d'accepter les règles d'une noce convenue, avec robe blanche, habit, mairie, église, jets de riz, banquet, jarretière, lune de miel.

C'était trop irréel pour que j'y croie vraiment. Je vivais encore à Paris avec mes livres, cherchant une voie qui ne fût pas de garage entre mysticisme et nihilisme. Je croyais inventer une théorie chaque matin, elle périclitait le soir, dans un bar proche du Panthéon où je retrouvais mes copains. Nous buvions des demis en échangeant des vues fumeuses sur la façon la plus appropriée de sauver le monde. Au fond de moi je l'estimais perdu, je n'imaginais au mieux qu'une rédemption solitaire. La crapule me tentait, j'allais rôder à Pigalle, tout seul, et si je m'offrais une pute à cinquante nouveaux francs, je ressortais du gourbi aussi meurtri qu'après une algarade avec Aude dans sa chambre. Un effluve de spiritualisme me happait quand je passais devant l'église Saint-Louis-en-l'Île. J'y entrais, la pénombre m'apaisait. Je priais Dieu qu'il daigne éclairer tant soit peu ma lanterne. Son mutisme me décourageait. Je ressortais, longeais la berge, me hasardais au bout d'un square où l'île s'achève et d'où l'on voyait l'arche métallique du pont d'Austerlitz. Des péniches glissaient sous le pont Sully, j'avais envie de m'en aller, mes nerfs en boule ne savaient plus à quel diable se vouer. Mon égocentrisme tournait à la pathologie ; j'étais l'électron surnuméraire d'un univers fantoche et réduit aux acquêts d'une rumination intime. Je n'avais pas d'ancrage politique, les réacs me présumaient gaucho, et réciproquement. Le monde où j'aurais voulu vivre n'existait pas. Ou plus. Ou pas encore. Il arrivait que je doutasse de vouloir vivre, mais cette inappétence ne durait pas longtemps, un rien me chavirait — moineau sur une branche, minois sous un bonnet, nuage dans le ciel. Les vers que je bâclais rageusement empruntaient à tous les styles, j'étais un synthétiseur ivre et le vendredi soir, quand le train m'avait largué en gare de Moulins, j'assistais en spectateur hébété aux préparatifs d'une noce provinciale : la mienne.

Soudain, alors qu'approchaient les examens pour le diplôme, dans le train du dimanche soir qui me remontait à Paris, je me suis vu en frac sur le parvis de l'église de Jaligny, avec mes parents déguisés, un essaim de mémères à chapeaux, des grains de riz plein la figure et des cousins improbables qui photographiaient cette guignolerie. Je me suis vu époux d'une emmerdeuse patentée, gendre d'un arriviste d'envergure cantonale. Pis : je me suis vu père malgré soi d'une marmaille bêlante, condamné à la réclusion à perpétuité dans la morne geôle de ritournelles notabiliaires. Car, en dépit de sa désinvolture de façade, Aude avait du goût pour ça, les chiens ne font pas des chats, il fallait la voir affûter avec sa mère la liste de mariage à base de ménagère Christofle, de services de Limoges, de carafons en baccarat.

Mon désistement égaya la chronique locale entre Jaligny et Bercy. Curieusement, Aude n'en a pas fait un plat, elle savait bien que nous serions allés à cette noce comme on plonge dans une mare pour éviter la pluie. Néanmoins elle m'a traité de lâche. Le mot valait rupture, j'ai rebondi dessus pour prendre un congé qui cette fois serait définitif. Du moins je l'espérais.

Les parents d'Aude ont été outrés. Le mot est faible. Un traiteur et un prêtre avaient été pressentis, des cartons d'invitation avaient été postés, des arrhes avaient été versées pour la robe de mariée. Les sœurs d'Aude ont jubilé, elles ne pouvaient pas m'encadrer et je le leur rendais au centuple. Mes parents ont encaissé. Depuis longtemps ils s'attendaient au pire de ma part, je n'étais pas le genre de fils sur lequel on peut miser de la confiance, encore moins des ambitions. Ma mère toutefois a rasé les murs du village, un certain temps. Le hasard a voulu que l'épouse du boucher se fît surprendre avec le brigadier de la gendarmerie, à peu près au même moment, on n'a plus parlé que de cet événement à Bercy, mon inconséquence a été éclipsée.

J'ai obtenu mon diplôme, il m'a valu la deux-chevaux blanche d'occasion. Un volant dans les mains, c'était le vent de la liberté dans le dos. J'avais le destrier, les éperons et les rênes ; restait à savoir où nous irions cavaler. Le monde était vaste, mais j'étais captif de mon irrésolution et, quand on me concéda le permis de conduire, je ne sus dévaler qu'un espace quadrillé par les routes de Monétay-sur-Loire, de Dompierre-sur-Besbre et de Varennes-sur-Tèche. On en a vite fait le tour.

Aude a pris le premier amant venu, moi le premier boulot : barman à Vichy. Je me doutais que nos trajectoires se croiseraient à nouveau, vingt kilomètres seulement séparent Bercy de Jaligny et, pour aller de mon village à Moulins, on passe devant la maison du notaire, à droite après un pont. C'est peu dire que je n'étais pas pressé. Mes songes de féminité tournoyaient autour de la photo d'Hélène et s'envolaient vers Bérénice. Je crois même avoir envisagé d'appeler Hélène au Havre, comme on lâche une bouteille à la mer. Sans doute avais-je perdu le numéro, la négligence étant le moindre de mes défauts. Quoi qu'il en fût, Aude était sortie de ma vie consciente, elle ne figurait à aucun chapitre des projets variables que j'échafaudais pour cette année universitaire, la dernière du genre.

Cependant, le jour où elle m'a téléphoné, nous avons quitté le Grand Jus main dans la main et nous sommes livrés à une joute charnelle, d'urgence, dans l'appartement que son père venait de lui acheter derrière le jacquemart. C'est la statue d'un bonhomme qui sonne les heures au sommet d'un beffroi, sur une place pavée à l'ancienne ; les Moulinois en tirent une certaine fierté. Aude avait fait tourner sur son électrophone un disque d'avant nos guérillas

— un vieux disque qui nous a remis en selle sur une mobylette bleue, le temps d'un « Je t'aime encore » énoncé posément. Encore : ce mot en disait long, il pesait lourd. Un « Je t'aime » tout court eût été préférable mais elle a dit comme elle sentait.

Notre mise en ménage stupéfia mes parents qui venaient de rentrer de Cavalaire, et indigna les siens qui passaient leur été au Lavandou. Tous les friqués du coin possédaient une cahute ou un appartement sur la Côte d'Azur et tous descendaient en décapotable la nationale 7, qui à l'époque traversait Moulins en passant devant le jacquemart. Le notaire menaça de couper les vivres. Des lances au curare furent rompues à Jaligny. Aude, toujours théâtrale, signifia aux siens qu'elle ne les reverrait plus avant leur mise en bière. Elle était majeure, une tante qui l'avait à la bonne venait de trépasser opportunément en lui laissant de quoi voir venir. Au pire elle travaillerait. J'ai bien précisé, à toutes fins utiles, qu'aucun héritage ne me tomberait dans le bec et que je ne travaillerais jamais. Tant que je serais étudiant, mon père continuerait de me subventionner sur un pied modeste. Ensuite j'aviserais. À vrai dire, je n'accordais à ce concubinage aucune chance de pérennité ; je ne le désirais pas non plus, je m'en accommodais à titre provisoire, par paresse, par faiblesse, pour ne pas me retrouver seul dans une chambre d'étudiant.

Je ne suis jamais retourné à Clermont ; je garde le souvenir d'une ville très noire, cernée de volcans, froide et venteuse, pas spontanément portée à la rigolade. La faculté était une horreur en béton sise devant un jardin public. Je m'y rendais le matin en deux-chevaux, je rentrais à Moulins dans l'après-midi. Aude avait trouvé un mi-temps dans une boutique de fringues d'une de ses amies. Ça l'occupait. En ce temps-là les filles de la bourgeoisie de souche rurale étaient programmées pour le mariage, on ne les envoyait en fac que pour y harponner un médecin, un avocat, un notaire. Aude avait fait trois mois de droit à Clermont, une année dans une école intitulée « des cadres » à Vichy, ça lui avait suffi, elle n'aimait pas les études. Ses curiosités étaient rien moins qu'intellectuelles ; ses fréquentations se bornaient à une gentry exclusivement locale : Moulins et les cantons avoisinants. Nous retrouvions ses amis au Café américain, sur le cours Anatole-France, une sorte de mail ombragé de tilleuls où s'alignaient des hôtels particuliers de style classique en brique polychrome rouge et noir. Aude était la plus belle, ça dorait la pilule de mon orgueil et Dieu sait qu'il en avait besoin. Les conversations portaient sur les chasses, les adultères, les domaines, les voitures, les châteaux. L'argent surtout, celui qui avait ses titres d'ancienneté et l'autre, celui des parvenus de la croissance. On disait « nouveaux riches ». Je ne voyais pas la différence avec les anciens, je les trouvais tous imbuvables. Aude n'approuvait mes sarcasmes que du petit bout de sa causticité. Elle aimait bien clore une soirée en débinant la compagnie, ça procure l'illusion de n'être pas copie socialement conforme. Pas tout à fait. Mais, sur le fond, elle était de son bord. Moi, d'aucun.

La nuit, nos corps qui se connaissaient bien récitaient des scenarii à peu près invariables ; les gestes s'enchaînaient, chacun était attendu et suscitait chez l'autre une réaction tout aussi prévisible. J'ai pu observer, au long de concubinages ultérieurs, coupés de deux expériences conjugales, que les amants s'en tiennent à une trame qu'ils ont tissée pour ainsi dire à leur insu. S'ils tentent d'en changer, ça risque de dérailler. Restent les inconvénients du rabâchage. Nous n'en étions pas encore là. Aude se dénudait dans le noir, je feignais de la surprendre, l'étalais sur le lit. Tout était dans la manière de sa fausse docilité. Un coin de paradis s'ouvrait, se refermait, et je retrouvais mes cahiers et mes livres.

Nos pâmoisons exaspéraient plutôt qu'elles n'étanchaient ma soif d'un absolu féminin. Je convoitais une Femme, avec une majuscule, qui eût focalisé les attributs de toutes les femmes, avec des minuscules. Autant dire que je cherchais l'Un dans le Multiple, le tout dans ses parties, c'était une quête métaphysique où j'enrôlais pêle-mêle philosophes et théologiens. Mon âme serait comblée si à chacun de ses cantons correspondait une égérie, comme les pièces d'un puzzle. Dans l'ordre livresque, cette ambition se traduisait par une boulimie peu cohérente, il y avait toujours dix ouvrages entamés sur la table du petit salon qui me servait de bureau.

Dans l'ordre du concret, je désirais mettre à l'horizontale toutes les filles qui tombaient sous mon regard. Celles que je croisais, pour peu qu'elles ne soient pas d'une laideur rédhibitoire, me semblaient auréolées d'un mystère essentiel à ma recherche du Beau, du Bien, du Vrai, du Juste. Elles allaient quelque part, je ne les reverrais jamais ; j'ignorerais toujours le goût de leurs lèvres, le grain de leur peau, le deuil de leur pudeur. Quel gâchis ! Ah, si elles savaient ce qu'elles perdaient ! Elles ne savaient pas, elles ne me regardaient même pas, elles passaient leur chemin, tournaient dans une rue, et rideau. Des filles que j'eusse comblées en confortant ma science de l'Être, il y en avait derrière chaque embrasure, à Clermont, à Moulins, dans toutes les villes, sur tous les continents. Des centaines de milliers de filles qui ne seraient jamais à moi et ne s'en consoleraient pas, si elles savaient. Elles grignotaient leur existence en solitaire, ou dans le commerce dégradant d'un mari idiot, vicieux, banal, trivial. Au choix. Leurs amants ne valaient pas plus cher, ils onanisaient lâchement sur leurs corps. Alors que moi…

Hors les draps, notre semblant de ménage oscilla vite entre des conflits épuisants et des commémorations éplorées de notre âge d'or, l'année du bac, les couettes, la mobylette, la clairière, la jupe écossaise, etc. *Souvenirs, souvenirs…* Le premier tube de Johnny devenait le générique d'une fuite régressive dans un passé inextricable. Car, enfin, cette chanson gaie, encore que nostalgique, datait de mes quinze ans, un mauvais âge si tant est qu'il y en ait de bons. Je n'étais pas heureux à quinze ans, je détestais Moulins et le lycée, je regrettais mon village serti au creux de ses collines avec ses vaches blanches derrière des haies que l'aubépine et le prunus enjolivaient. L'humilité de ses atours, sa douce somnolence avaient à voir avec la perspective d'une sieste éternelle dans des limbes verdoyants. Soit j'invoquais — déjà — ce paradis perdu, soit je m'évadais dans un futur indéterminé, loin de ce lycée, de cette ville, de ce pays. Un futur mirifique aux antipodes, n'importe lesquels, les Afriques de mon oncle, le Mississippi des bluesmen, un Sud extrême qui me tannerait le cœur.

Je n'étais pas heureux non plus à dix-huit ans. Ma vie séchait sur pied, l'imminence du bac impliquait que je fisse un choix, mes désirs étaient trop méandreux pour que je puisse m'y résoudre. Après nos corps à corps dans la clairière, tandis qu'Aude rajustait sa jupe écossaise, je lui décrivais avec une précision mythomaniaque de quels bois et sous quels soleils nos vies se chaufferaient à blanc. Des bois généralement tropicaux, des soleils noirs. Aude m'écoutait, ça la faisait peut-être rêver mais elle n'y croyait pas vraiment. Sinon elle m'aurait suivi à Paris au lieu de végéter entre Moulins et Jaligny.

À présent, elle remettait un de nos disques fétiches sur l'électrophone et se lovait sous la couverture en pleurant doucement, bourgeoisement — les larmes tristes et futiles d'une fille de notaire de Jaligny, Allier, qu'on a privée de ménagère Christofle. « Pourtant, je t'aime. » Oui, pourtant. Moi aussi je l'aimais, malgré moi, malgré nous, malgré tout. Je regrettais de l'aimer tout en me sentant coupable de ne jamais l'inscrire sur les pages toujours blanches de mon destin à venir. Lequel destin ne quittait pas les cryptes où mon esprit ébauchait un philosophe, mais si iconoclaste qu'on me mettrait en taule jusqu'à ma mort. La gloire serait posthume, je ne me voyais pas moins novateur qu'un Aristote, à la rigueur un Descartes ou un Kant. Je les parcourais, je les annotais ; je passais de l'un à l'autre sans jamais finir un ouvrage. Je butinais les sucs d'une œuvre future, la mienne, je la sentais grossir, c'était comme si je l'avais déjà pondue. J'avais des intuitions, ou plutôt des pressentiments : l'Être dont Heidegger faisait état tremblait en moi comme la flamme vacillante d'une chandelle. La formulation ne tarderait pas, j'allais bousculer les petits chromos des scribes appointés de la fac.

La mode était à la déconstruction. Chaque professeur autopsiait un morceau de savoir en nous montrant la mécanique interne avec le concours de Marx, de Nietzsche, de Freud et de leurs épigones. Il en ressortait, en gros, que tout est à la fois déterminé, relatif et immanent. Néanmoins la liberté humaine s'en sortait, par des pirouettes me semblait-il. Que toute croyance, toute pensée, tout état de fait fût contingent, je le savais en entrant au lycée; j'avais pour le doute une disposition innée, je cabotais à la godille sur des torrents de scepticisme. Rien de ce que les adultes tenaient pour acquis ne me paraissait aller de soi, et je crois qu'à onze ans les certitudes de la bourgeoisie dont j'étais issu avaient sombré. Pauvre bourgeoisie, qui se croyait éternelle et universelle, qui allait disparaître sous peu, je le pressentais. Ça m'inspirait une indifférence tempérée d'une vague compassion. Un gros fond d'anarchisme relevait la sauce des aphorismes que je lâchais, le soir, tandis qu'Aude apprêtait un repas pour se faire la main conjugale. Pour autant je trouvais malsaine et presque lâche cette manie de pourfendre les cadavres de ce qu'on appelait la culture. Mon nihilisme ne ressemblait pas à celui des professeurs et de la plupart des étudiants, peut-être parce que je croyais qu'un Dieu installé hors du monde était seul à même d'élucider le désordre de ce monde. Et le mien, singulièrement.

Les volcans d'Auvergne commençaient à se chapeauter de neige lorsque je me suis mis à lire Freud dans la disposition d'un chien courant qui suit museau baissé la trace d'un gibier. Ce qui se bousculait au seuil de ma conscience, ce qui s'impatientait dans les remugles de mon intériorité, ce magma en fusion qui m'accablait de confusion, j'ai voulu croire que la psychanalyse m'aiderait pour le moins à le répertorier. Avant Noël j'avais avalé les textes majeurs de Freud et de ses principaux disciples.

Avaler n'est pas digérer. Croyant avoir pigé la technique d'une psychanalyse, je conçus le propos de tester la recette, fantaisie qui faillit mettre un terme prématuré à l'existence d'une certaine Véronique. Je la connaissais de vue, c'était la fille d'un châtelain de Paray-le-Frésil, elle redoublait sa première année de médecine. Brune, de haute taille, avec des jupes de cuir noir très courtes, des anneaux dans les oreilles, des colliers, des bracelets à profusion, des maquillages extravagants de pute. On la disait nympho, frigide et complètement timbrée. À Moulins, sa famille avait mauvaise réputation, des rumeurs insinuaient qu'on se droguait, qu'on partouzait, voire qu'on s'égorgeait dans le château de Paray-le-Frésil. C'était romanesque.

Je croisais Véronique de temps à autre dans un bar de Clermont où s'acoquinaient les étudiants issus de Moulins et de ses environs. D'ailleurs elle habitait Moulins, comme moi, elle faisait le trajet au volant d'une M.G. noire comme ses jupes, ses collants, ses chemisiers, ses yeux et le rimmel qui les dilatait. Les noirs de Véronique concouraient à son statut de femme fatale, on lui prêtait mille aventures d'un érotisme vénéneux mais nul n'aurait pu citer un seul de ses amants, elle était nimbée de mystère. Les jours où je la voyais, je la retrouvais dans mes rêves, plus nue, plus crue qu'aucune femme ne l'avait été dans mes bras, et au réveil je trouvais Aude pâlichonne.

Je me suis mis à fréquenter son bar, qui se trouvait sur une petite place adossée à la vieille ville. On entendait sa voix d'un bout à l'autre de la salle, elle régnait sur une petite bande, diva hollywoodienne à la sauce bourbonnaise car elle avait l'accent glaiseux de notre cru. Je m'introduisis dans cette bande. Véronique daigna s'intéresser à moi parce que j'avais été étudiant à Paris, au mois de mai 1968, ce qui présumait une familiarité avec l'Histoire, sidérante pour des provinciaux. En vérité, j'étais dans ma chambre à Bercy au moment des « événements », à cause d'une bronchite, mais je me suis gardé de l'avouer.

Bientôt nous fûmes suffisamment liés pour que je lui donne rendez-vous dans un autre bar, sans la bande. Freud m'a beaucoup aidé, je dois lui rendre cette justice. J'avais toujours un livre sous le bras, une référence prête à servir : Véronique se prit de passion pour la psychanalyse. Autrement dit, elle mordait à l'hameçon. C'était une paumée qui trompait son mal de vivre en posant à la tragédienne devant les miroirs de ses admirateurs. Le cynisme de ma drague se nuançait d'une compassion sincère ; j'avais envie, follement envie qu'elle fût à moi et j'étais convaincu que ça la guérirait. Il existait un paradis pour toute femme : l'abandon amoureux dans mes bras. Postulat immodeste, auquel j'avais du mal à adhérer tant il ne reposait sur rien de probant ; au saut du lit, des doutes m'assaillaient sur la nature même de la volupté, Aude avait moins l'air de revenir d'un paradis que d'en finir avec une crise de nerfs. En outre, j'étais toujours aussi timide ; je le suis resté, ce sont toujours les femmes qui me font des avances et si elles me pilotent jusque dans leur lit, ce sont elles encore qui régissent le ballet.

Je ne croyais pas Véronique inaccessible. Elle couchait, ce point était acquis. De sa prétendue frigidité je ferais mon affaire. La frigidité, c'était simple comme bonjour : les autres n'avaient pas su. Moi, je saurais.

Il fallait user de précautions. Véronique était un chat sauvage, une pile électrique, la corde d'une harpe ; je l'avais vue balancer son verre dans la gueule d'un gars qui lui avait dit je ne sais quoi d'inapproprié. Ses yeux fous étaient deux revolvers chargés, et elle tirait à vue. Feu ! Ensuite ses nerfs avaient lâché, elle était sortie du bar en hurlant des insanités, elle avait traversé la place en courant et disparu dans une des rues qui montaient vers la cathédrale.

Une connivence discrète s'établit entre nous, je devenais son confident. J'ignorais alors que le confident d'une femme devient rarement son amant, c'est le canal d'évacuation des eaux sales de son intimité. Les femmes que j'ai le moins mal aimées, je ne savais rien de leur passé, rien de leurs pensées. Véronique m'a raconté que sa mère s'était pendue à une solive dans le grenier de leur château. Je ne pouvais faire moins que de compatir. Elle m'en a su gré. Son désir le plus fervent était d'assassiner son père, ça revenait comme une antienne. Mon hochement de tête pouvait s'interpréter comme un acquiescement. S'il était aussi vil qu'elle le peignait, il méritait une balle dans la peau et le jet de son cadavre à la décharge publique. Quand Véronique tirait sur sa cigarette en renversant sa tête en arrière, yeux rivés vers le plafond, je regardais ses jambes gainées de collants noirs et je me sentais capable de trucider pour lui complaire n'importe quelle particule du Bourbonnais, tel un soupirant de roman courtois.

Nous prîmes l'habitude de nous retrouver au Grand Jus parce qu'elle détestait Clermont. Je craignais qu'Aude ne nous surprît, sa jalousie ne baissait jamais sa garde et elle connaissait la réputation de Véronique qui peu à peu se faisait à l'idée d'une psychanalyse. « Tu t'en sens vraiment capable ? » Je répondais que oui, sans vergogne.

Heureusement elle ne me demandait pas de quelle obédience je me réclamais, il y avait les orthodoxes, les lacaniens, des chapelles âprement rivales, c'était comme les ismes de gauche, on s'y perdait. Au comble de la surexcitation, elle a fini par me demander de la psychanalyser, afin de la laver des miasmes qui la rendaient si malheureuse. Jeu dangereux. Pour moi il s'agissait ni plus ni moins d'atteindre la phase du transfert. La libido de Véronique se focaliserait sur ma personne, j'aurais son corps à ma discrétion, son âme serait sauvée. L'abandon dans mes bras d'une femme aussi incandescente était une thérapie en soi. La seule en vérité qui me parût efficiente. Je doutais de tout, mais pas de cela.

Nous convînmes que les séances se dérouleraient chez elle, sur le cours Anatole-France, tout près du Café américain, à peine plus loin de l'appartement d'Aude. Véronique occupait le premier étage d'un hôtel particulier qui appartenait à sa famille. En m'y rendant je retrouvais cette griserie de la clandestinité éprouvée à Vichy lorsque j'empruntais la porte de service de l'hôtel pour rejoindre Hélène dans sa chambre. Hélène, loin de mes yeux mais pas de mon cœur : sa photo trônait toujours sur la cheminée de ma chambre, à côté de celle de Bérénice enfant — et, plus le temps passait, plus j'idéalisais nos amours d'une fin d'été. Ce qui n'enlevait rien à mes sentiments pour Bérénice. Quand je revenais à Bercy, je n'avais de cesse de grimper dans ma chambre pour voir si une lettre de ma cousine se trouvait sur mon bureau ; et, en dépit de la banalité du contenu, ces lettres postées de Biarritz m'ensoleillaient, j'allais musarder au jardin public, le temps se contractait, c'était hier, ce serait peut-être pour bientôt.

Le salon de Véronique était meublé comme celui d'un château et donnait sur une cour où le visage d'un vieillard s'embusquait derrière une fenêtre. Ce détail me revient parce qu'il faisait peur à ma patiente. Elle tirait les volets, allumait une lampe et s'allongeait sur un canapé, conformément au cliché. Elle fermait les yeux. Assis sur une bergère, je reluquais ses jambes. Elle débitait d'une voix blanche des histoires familiales passablement tordues, d'où il ressortait que son père était un triste sire. Je le savais déjà. La défunte mère, le frère, les oncles ne valaient pas cher non plus. Elle a forcé les traits lors de la seconde séance. Si son récit était véridique, la moitié de sa famille aurait dû être en taule, l'autre à l'asile. Je me demandais si Véronique n'était pas mytho, ça rime avec nympho.

Trois séances plus tard, je n'ignorais plus rien de sa généalogie, son œdipe commençait à me raser, il me tardait d'en venir à la chair. La sienne, que mon imagination sculptait en la dévêtant. Je rentrais chez Aude en rasant les murs et, quand elle était tout à fait nue sur notre lit, je fermais les yeux pour gainer ses jambes de collants noirs à résille.

Ai-je manqué de patience ? Véronique a-t-elle supputé, derrière ses grands cils noirs faussement clos, que les turpitudes des châtelains de Paray-le-Frésil étaient le cadet de mes soucis ? A-t-elle deviné l'aîné de ces soucis ? Quoi qu'il en fût, un étudiant en médecine vint m'attendre à la sortie d'un cours pour me dire, sur un ton de procureur, que Véronique avait tenté de se suicider, la veille, au véronal. Je ne lui souhaitais pas tant de mal. D'après ce type, qui appartenait au cercle de ses admirateurs, mon entreprise psychanalytique était en cause. Véronique ne voulait plus me voir, ni poursuivre ses études, ni vivre à Moulins. J'étais gêné, j'ai dit bêtement que Freud était le vrai coupable, le type m'a tourné le dos sans me répondre.

Je n'ai jamais revu Véronique qui effectivement abandonna la médecine, quitta Moulins et réintégra le château de ses ancêtres. J'ai repensé à elle une première fois en lisant dans le journal l'avis d'obsèques de son père. Le mien le connaissait; d'après lui c'était plutôt un brave mec, porté sur le bourgogne, le poker et la soubrette. La coalition de ces penchants et d'une paresse congénitale l'avaient acculé à la ruine. La châtelaine traînait une dépression irrémédiable, ça expliquait son suicide. Toujours d'après mon père, un mauvais gène enténébrait cette famille, ils étaient tous un peu barjots. Mais pas méchants. Des années plus tard, j'ai su que Véronique vivait près de Nevers, dans un château au bord de la Loire, avec un mari d'âge canonique, fortuné, pas titré, des enfants, des amants, des chevaux pour la chasse à courre.

J'ai encore repensé à elle, vingt ans plus tard. Je vivais près de Phoenix, dans l'Arizona, et, pour des raisons liées à une histoire compliquée d'amour et de haine avec une femme trop jeune pour moi, je m'intéressais à nouveau à Freud. J'avais même entrepris une psychanalyse, avec un praticien d'origine roumaine dont les thèses étaient à la mode. Sans doute espérais-je me dépêtrer d'un mal qui n'en était pas un. Ou qui n'est pas guérissable. En tout cas j'avais laissé tomber au bout de quelques mois. Mon passé m'indifférait autant que l'œdipe de Véronique et, plus j'en confiais des bribes, moins je m'en sentais comptable.

L'analyste semblait obnubilé par ce frère aîné qui est mort trois jours après être né. Ma mère en avait sûrement conçu du chagrin ; mon père, je n'en jurerais pas ; moi, ça ne m'a jamais empêché de dormir. Pas davantage les amants hypothétiques de ma mère, la maîtresse avérée de mon père qui tenait une boutique de mercerie sur une petite place où trône la statue d'un ancien sénateur. Ça les regardait. J'aimais bien mes parents, je n'étais pas curieux de leur vie, elle n'avait aucun point de jonction avec la mienne. Je n'aurais pas voulu vivre comme eux, comme leurs amis, comme les gens de Bercy, de Jaligny ou de Moulins. Mais aucun conflit sérieux ne nous a opposés, nous cohabitions d'autant plus paisiblement qu'aucune intimité n'était envisageable. L'évidence précoce de notre incompréhension mutuelle garantissait une sorte de paix des braves ; dès la maternelle, j'ai tu ce qui me passait par la tête. Ma solitude est une fatalité et je n'ai jamais eu de vrai contentieux qu'avec mes doubles. Si je suis tel, je ne peux m'en prendre qu'à un mauvais hasard ; je suis né trop tôt ou trop tard pour devenir l'un des milliers de personnages en latence dans la brocante de mes désirs. Je me suis toujours vu ailleurs mais à peine lâché sur les rails d'une aventure, l'évadé se détachait de moi, sa cavale m'ennuyait, il fallait en inventer une autre. L'enfant qui regardait passer les voitures sur la route de l'Est m'était déjà étranger. D'ailleurs le psychanalyste de Phoenix, dès les premières séances, avait l'air résigné : mon cas lui paraissait insoluble. Plus je prends de l'âge, plus j'incline à penser que je ne suis pas un cas, juste le miroir d'une société qui allume trop d'étoiles dans le ciel en trompe l'œil des egos.

Pour comble de malchance, Aude avait été instruite de mes incursions chez Véronique. On m'avait vu sortir de chez elle, plusieurs fois. « On », il faut toujours s'en méfier dans une petite ville de province. Pris de court, j'avais opté pour la vérité. Enfin, le côté avouable de la vérité, la psychanalyse. C'était idiot, il vaut toujours mieux mentir, ça laisse un doute. J'avais beau l'accabler de jargon psychanalytique, Aude eut le plus grand mal à croire que j'avais simplement voulu procéder à une expérience sur le tas. « Me prends pas pour une conne. Tu voulais te la taper, c'est évident. »

C'était évident. J'ai nié, pour le principe. Aude en a déduit abusivement que j'étais passé à l'acte et m'a menacé d'aller se faire psychanalyser. Son professeur de tennis n'avait à coup sûr pas lu une ligne de Freud ; c'est par son entremise qu'elle conçut d'accomplir sa vengeance. « On » m'en informa au Grand Jus vers où convergeaient tous les ragots de Moulins. Aude passa aux aveux. Elle n'avait pas couché, juste flirté dans un cabriolet. C'était déjà trop pour ma dignité. Je la giflai. Elle me jeta un cendrier de cristal au visage, une cicatrice (légère) en témoigne sur ma lèvre, vestige d'une séquence amoureuse dont la violence nous fait sourire à présent.

Après le coup du cendrier, Aude implora mon pardon, renonça à ses cours de tennis, consentit à rompre avec tous ses amis, que je détestais en bloc. J'obtins même qu'elle espaçât ses visites à Jaligny, où je refusais de l'accompagner. Sans m'en apercevoir clairement, je l'acculais à communier dans ma solitude ; puisque aussi bien notre couple existait, il ne cesserait d'être bancal qu'en excluant radicalement le monde extérieur. Plus d'apéros au Grand Jus. Plus de dîners au Café américain. Elle et moi dans l'appartement, rideaux tirés, verrous baissés, moniale et prêtre d'un culte forcené que nous célébrions pour exorciser la faute vénielle avec le professeur de tennis ; et l'autre surtout, la première, la mortelle, avec le pion du lycée Théodore-de-Banville. Nous visions un absolu amoureux, nous désespérions de l'atteindre. Aude maigrissait à vue d'œil, et fumait sans discontinuer ; je n'étais pas fringant non plus.

En rentrant de Clermont je m'arrêtais dans une brasserie de Saint-Pourçain qui donnait sur un mail où je crois revoir un kiosque à musique. Un vieux Gottlieb proposait des disques de la haute époque, autrement dit des rocks américains, Chuck Berry, Fats Domino, Eddie Cochran, Otis Redding. Les juke-boxes composaient avec les flippers la panoplie du rebelle sans cause, à la James Dean. Il y avait aussi les blousons au col relevé et les gros ceinturons. C'était démodé depuis belle lurette ; peut-être l'était-ce déjà quand je roulais les mécaniques dans les bars de Moulins, entre deux cours. Je n'étais plus à un anachronisme près.

C'est dans ce bar que j'ai rencontré Martine. On la surnommait Tine. Elle avait à peu près mon âge et exerçait le métier de dactylo dans une usine de meubles de Varennes-sur-Allier. Prolétaire, donc. Brune avec une queue-de-cheval, des yeux marron, des lèvres peintes en rose pâle, des ongles en vermillon. Il émanait de sa personne une douceur, une tiédeur, on avait envie de la toucher délicatement pour ne pas la casser.

Elle mettait des pièces dans le juke, restait penchée dessus pour écouter la musique en ayant l'air de s'évader des contingences. Juste un petit air, elle respirait la modestie jusque dans sa façon de se déhancher pour épouser le rythme. Je connaissais les chansons par cœur, musique et paroles en anglais. Je l'ai draguée avec cette science. Elle avait un faible pour les Beatles, je préférais les Américains. Ou alors, les Beatles des débuts, jusqu'à *Hard Day's Night.* Après, c'était trop sirupeux et je détestais Lennon depuis qu'il s'était acoquiné avec cette Japonaise sinistre. Je possédais des disques qu'elle ne connaissait pas, je lui ai proposé de lui en prêter, il fallait un prétexte pour la revoir.

Nos retrouvailles devant le juke-box devinrent quotidiennes. Tine venait là après son travail parce que la patronne était sa cousine. Sa mère tenait une épicerie sur la nationale 7, près d'un pont métallique qui enjambe l'Allier. Son père était ouvrier dans une entreprise de travaux publics ; en l'apprenant je me suis souvenu qu'Hélène était aussi dans les travaux publics, de l'autre côté de la barrière sociale.

Il m'a fallu un certain temps pour apprivoiser Tine. Elle s'était arrêtée au brevet, mon statut d'étudiant l'intimidait, elle possédait ce qui, dans le langage des marxistes, s'appelait une conscience de classe. Je m'efforçais de la raboter en ressortant mon argot de lycée, ça rendait un son faux car les argots aussi ont une connotation de classe. Pour la première fois je me sentais dans la peau d'un bourgeois, et elle me gênait aux entournures.

J'ai apporté des disques à Tine, dont un

d'Elvis, un concert à Las Vegas, offert par Bérénice pour mon vingtième anniversaire. Elle a fini par accepter que nous allions écouter les siens dans sa chambre, au-dessus de l'épicerie. Une chambre mansardée, tapissée de rose, avec des posters de chanteurs et sur une étagère une collection de poupées en costume folklorique.

Des chansons de l'époque où j'étais lycéen tournèrent sur son électrophone. Un « Tu me plais » vint à lui échapper. La concision de ce lyrisme me plut. D'abord, elle se laissa embrasser sans desserrer les dents. La fois suivante, elle les entrouvrit ; tout viendrait à point, il suffisait de juguler mon impatience. C'est difficile quand la jupe est courte, le chemisier moulant et la voix d'Helen Shapiro suppliante. Dieu sait pourquoi, j'avais dans l'idée que les prolétaires sont plus rapides que les bourgeoises. Du tout. Noël approchait quand mes mains furent admises à relever la jupe, centimètre par centimètre. « Pas maintenant », chuchotait-elle si j'approchais les zones interdites. Ou bien « Pas ici ». Mais où et quand ?

Chaque nuit, je rêvais que je violais Tine, à la cosaque. Aude était ravie autant que surprise, nos ébats connaissaient un surcroît d'intensité dont le ressort lui échappait.

Tine crut devoir me présenter sa mère. Elle lui ressemblait, en plus bavarde et en plus désirable. Nettement plus. De sorte qu'en l'embrassant, en insinuant mes mains au-dessus du genou, j'avais sa mère en tête. La sonnette que j'entendais tinter en bas quand un client poussait la porte favorisait le troc secret de mon désir. Deux heures plus tard, à Moulins, le corps d'Aude usurpait une nouvelle identité, c'était la mère de Tine que mon imagination soumettait, à même le comptoir de son échoppe. Ça devenait compliqué.

Outre la sonnerie qui chaque fois lui raidissait les membres inférieurs, Tine avait peur que son père ne nous surprît. Il quittait son travail à des heures irrégulières et était extrêmement soucieux de la vertu de sa fille. Je croyais comprendre que celle de son épouse ne lui inspirait pas moins d'inquiétude. Il avait peut-être ses raisons. Un frère apprenti pâtissier traînait en outre dans les parages, et lui non plus n'aimait pas qu'on tourne autour de sa sœur.

Aussi, pendant des semaines, nous avons flirté dans ma deux-chevaux, au bord de l'Allier, sous ce pont métallique où la rivière s'évase entre des bancs de sable. Impossible en plein hiver d'y allonger Tine. Nous en étions réduits à des contorsions sur la banquette. Ce véhicule que la nostalgie enlumine présentait de graves inconvénients avec l'armature de fer des sièges et le levier du changement de vitesse. Ôter un vêtement relevait de la prouesse gymnastique. Accoupler deux anatomies s'avérait positivement irréalisable.

Il fallait trouver une solution. Bercy était exclu, ma mère tolérait à peine qu'Aude montât dans ma chambre et elle s'arrangeait alors pour y faire irruption sous le moindre prétexte. Tine décida de louer un logement. Après tout elle était majeure et gagnait sa vie, il était temps qu'elle s'émancipe. Je ne l'ai pas désapprouvée. Elle fixa son choix sur une bicoque minuscule, à la sortie d'un patelin dont le nom m'échappe. Il y a longtemps que je n'habite plus la France et, quand j'y reviens, je n'ai plus de raisons de m'attarder dans cette région.

La maison affrétée par Tine avait quelque chose de monacal. La nationale 7 passait devant et j'ai toujours aimé les routes, celle-là singulièrement parce qu'elle commémorait mes vacances d'enfant à Cavalaire. Je n'aimais plus la Côte d'Azur, mais je continuais à rêver de tous les azurs, de tous les Sud imaginables. J'ai dû raconter ça — les routes, le Sud — au psychanalyste de Phoenix.

Les parents de Tine ont renâclé. Elle leur versait un loyer et le concubinage avait encore mauvaise presse. On disait : vivre à la colle, ça fleurait le débordement des sens. Les couples qui vivaient à la colle étaient censés s'envoyer en l'air, jour et nuit.

Je devins bigame sans l'avoir souhaité, encore moins prémédité. Toutes les frasques de ma vie auront été commises sans préméditation. Celle-là m'a paru innocente et bénigne. Bien entendu Tine ignorait que je vivais avec une autre. Je lui avais dit que j'habitais chez mes parents et qu'ils étaient peu tolérants. En revenant de Clermont, je bifurquais sur une petite route, traversais l'Allier sur ce pont métallique, retrouvais Tine dans la maison et rentrais tard à Moulins avec l'alibi de cours à réviser avec un ami. Alibi invérifiable car cet ami qui s'appelait Hubert n'avait pas le téléphone. À tout hasard, je l'avais mis dans la confidence, ce qui n'est pas dans mes habitudes. Mais Hubert était sûr. Il venait du tréfonds de la Creuse, c'était un grand type maigre comme un clou, dépenaillé, qui aimait contester l'ordre établi dans les bars en buvant des demis et en jouant au flipper. Son père était vétérinaire. Il militait alors dans une officine trotskiste qui l'envoyait distribuer des tracts à la sortie des usines Michelin. Il avait le mot prolétariat plein la bouche, il voulait le libérer de ses fers. Je jubilais en opposant à l'abstraction de son culte de la classe ouvrière la réalité d'une mise en ménage avec une dactylo, fille et sœur d'ouvriers. Ça lui clouait le bec.

Au bout d'un laps de temps j'ai passé certaines nuits avec Tine, en usant du même alibi. Aude commençait à le trouver fallacieux. J'aimais assez ce confinement rythmé par le ressac des véhicules sur la nationale 7. Les camions gémissaient en rétrogradant car nous étions à l'entrée du patelin. Il y avait aussi le bruit des trains. Le passage des rapides ébranlait les murs de la maison ; les omnibus s'arrêtaient devant la gare, précédés d'une sonnerie grêle. J'aimais l'idée d'une vie quiète et grise, sacrificielle, sans avenir, dans une maison laide, auprès d'une compagne qui lisait des romans-photos, regardait *Intervilles* à la télévision et fricotait devant une antique cuisinière à bois. Elle me suivait quand j'allais marcher dans la campagne pour y chercher l'inspiration. Sa main me prenait le bras, comme si nous étions des époux retraités d'une vie ordinaire. Nous rentrions. Les rêves de Tine tournaient autour de l'électroménager, elle effeuillait des catalogues, me montrait la cuisinière Brandt qu'elle se promettait d'acquérir à tempérament. Puis elle attisait le poêle pendant que j'écrivais des aphorismes sur une table de formica. Mes vues sur le monde se voulaient plus intempestives et plus noires que celles des nihilistes accrédités par les manuels.

Outre des livres j'avais emmené des disques, des pulls, un peu de linge et mon ours en peluche qui m'avait suivi à Paris, que j'avais rapatrié à Bercy. Il lui manquait déjà une oreille et le pelage laissait voir la trame par endroits. À chacun ses fidélités : cet ours, je l'ai encore, il m'a accompagné partout ; j'en avais parlé aussi au psychanalyste de Phoenix, on peut tenir le couple que nous formions pour un symptôme et d'ailleurs Aude en était jalouse.

Je m'estimais heureux avec Tine. Plus précisément, j'avais décidé de l'être, à titre provisoire. Le vrai bonheur, ce serait pour plus tard. Ailleurs. Trop loin pour que mon imagination se risque à en dessiner les contours ; elle s'en tenait à des clichés sudistes, jungles, déserts, savanes que les phares des voitures allumaient brièvement, la nuit, en dépassant nos persiennes. Tine n'avait pas beaucoup d'ego, la gestion domestique du mien semblait lui suffire. Aucun conflit. Peu de dialogue il est vrai, mais j'avais assez de soucis avec mes monologues, ils se contredisaient sans relâche. Et puis, pour les dégagements intellectuels, j'avais Hubert. Son trotskisme était aussi précaire que mon concubinage ; après boire il avouait des angoisses métaphysiques, des ambitions aussi ; tout comme moi il voulait être un autre, et pas souvent le même.

Tine ne voulait rien d'autre que la pérennité du couple dont nous offrions les apparences. Je ne la décourageais pas, elle était touchante et je ne suis pas cruel. Malheureusement, le lit nous séparait, et il était étroit. Presque toutes les femmes sont désirables, à distance. Aussi longtemps qu'on s'en tient aux exordes, on peut croire que la suite ira de soi. Partiellement troussée et auscultée dans ma deux-chevaux, Tine m'inspirait des appétences de viol. Il s'avéra que je peinai comme un bûcheron pour honorer dans les règles de l'art un corps au demeurant bien conformé et qui ne demandait qu'à s'émouvoir. Étrangetés du désir : la mère de Tine, qui parfois nous rendait visite, je la voyais nue sur notre lit, et j'étais sûr que nous eussions vogué très loin, plané très haut. Pourtant c'était la même, avec quelques rides sur le front, et moins de fermeté dans la région des hanches.

Je différais le moment d'aller me coucher en espérant que Tine se serait endormie. On pointait tôt, dans son usine. Elle m'attendait, hélas, les yeux ouverts dans le noir. J'allumais la lampe, je me mettais à lire. J'éteignais et me tournais vers ma table de nuit en feignant de respecter son sommeil. Peine perdue : sa main me caressait le cou, elle se collait à moi, je l'entendais haleter, c'était comme l'appel au soldat, je ne pouvais plus me dérober. Ma main se glissait sous la chemise de nuit, j'essayais de penser à sa mère dans une position analogue. Ou à Aude. Les voitures filaient sur la nationale, elles allaient vers le sud en toute liberté, et moi j'étais assigné à résidence sous un édredon conçu pour deux personnes.

J'ai passé Noël à Bercy entre père, mère et cocker — Léopold, un chien noir, né de la chienne qui m'a tenu lieu de petite sœur. Je n'étais pas fâché de retrouver la paix du célibat. Elle fut brève; Aude vint me relancer, elle s'était à nouveau engueulée avec sa famille, je l'ai suivie à Moulins où nous avons réveillonné avec ses amis du Café américain. Je ne savais pas ce que nous allions devenir, elle et moi. Notre concubinage boitait bas, elle redevenait insatisfaite. Cependant ma mésentente charnelle avec Tine la rendait plus désirable. Nous vivions tantôt en état de guerre froide, tantôt de paix armée, mais puisque nos corps nous réconciliaient, était-ce à dire que nos âmes en redemandaient? Je ne savais même pas si j'avais envie de le croire. La comparaison avec Tine tournait tellement à l'avantage d'Aude qu'après chaque étreinte une tentation m'assiégeait : tout lui dire et voir venir. C'était la dernière chose à faire, je m'en suis abstenu.

Elle a voulu m'accompagner à Paris où j'allais finir les vacances chez Paul, mon plus vieil ami, le seul complice de mon enfance à Bercy. Étrangetés du désir : pendant trois années j'avais rêvé de fuir Paris et voilà qu'en gare de Moulins je retrouvais, intacte, l'euphorie conquérante de mon premier abordage de la capitale, après le second bac.

Paul nous a hébergés dans le petit deux-pièces où il vivait avec son épouse Claire et leur fille Elsa derrière l'ancien musée des Colonies. Car il s'était marié l'hiver précédent, à Dieppe dont Claire est originaire, et il avait tenu à ce que je sois son témoin. Il aurait été le mien si je ne m'étais marié si loin et si bizarrement.

C'est le fils de l'équarrisseur de Bercy, fils unique comme moi ; nous avons joué, rêvé, déconné, grandi ensemble dans notre petit chef-lieu de canton. Il venait de réussir un concours administratif et travaillait dans l'annexe d'un ministère du côté de la tour Eiffel. Claire travaillait aussi, dans une agence de publicité. Il y avait le bébé, Paul devenait un adulte, ça me faisait froid dans le dos. Il avait fait Mai 68, comme on disait. De son maoïsme initial il dérivait vers le socialisme, il ne croyait plus à la révolution mais à l'union de la gauche, comme l'instituteur de Bercy qui nous avait appris à lire et à écrire. Miser de l'espérance sur des politiciens qui fatalement ressemblaient aux notables de l'Allier, c'était osé. Paul n'en disconvenait pas. Il recyclait sa dissidence dans l'ironie et la musique. Depuis toujours il aimait la musique, il se claquemurait dans ce cocon, c'était sa façon de respirer, de déplorer, d'espérer, peut-être de prier. Je lui dois mon initiation en la matière, et mon peu de culture, hors le rock et le blues.

Nous avons écumé les brasseries de la porte Dorée pour y jouer au flipper. Comme avant, dans les bars de Moulins, quand nous étions potaches, moi au lycée Théodore-de-Banville, lui chez les curés de Saint-Gilles. Il s'étonnait de me revoir avec Aude, ayant assisté à tant de mélodrames corsés au Grand Jus. Claire et Aude s'occupaient du bébé. J'avais peur que le biberonnage ne donne des idées à Aude et qu'elle ne me fasse un enfant dans le dos. Il y avait des précédents. Nous rentrions éméchés. Claire faisait semblant de ne pas s'en apercevoir ; Aude me traitait d'ivrogne dès que nous nous retrouvions seuls dans la salle de séjour où nous dépliions un canapé-lit. Tine, songeais-je alors, s'abstient de tout reproche quand j'ai un coup dans le nez. Ça m'arrivait à Clermont, avec Hubert, et comme je n'ai jamais tenu l'alcool, la deux-chevaux zigzaguait sur la route.

Je me repliais dans la cuisine pour fuir les récriminations d'Aude. Paul ouvrait la porte de sa chambre sans faire de bruit, la refermait et sortait un flacon d'eau-de-vie. Au bout de trois verres il redevenait le contempteur sarcastique de la bourgeoisie. Surtout de la nouvelle, celle qui roulait en décapotable, buvait des whiskies on the rocks et trouvait que la France avait vingt ans de retard sur l'Amérique. Il y avait des exemples à Bercy, j'en connaissais d'autres à Moulins : les amis d'Aude qu'elle revoyait en mon absence, contre mon gré. Elle devenait insensiblement une bourgeoise au goût du jour, ça m'acculait à tenir des positions plus extrêmes que celles d'Hubert.

Paul nous resservait. Où en es-tu ? L'alcool aidant, je déclinais une métaphysique de la chute dans le temps, encore plus désenchantée que celle de Cioran. En gros, Dieu s'était planté en passant de l'être à l'existence ; il fallait qu'il abolît le monde avant de relancer ses dés autrement et ailleurs. Mais les âmes étaient immortelles, la mienne en tout cas, l'avenir lui appartenait.

Paul hochait la tête. « Où en es-tu, concrètement ? » Là, ça devenait moins clair. Je lui ai confié mon histoire burlesque de double ménage, il l'a trouvée comique. C'était bon de palabrer au plus épais de la nuit, avec chacun une femme qui nous attendait dans un lit. Endormie de l'autre côté de la cloison, Aude m'inspirait de la tendresse, je me sentais capable de l'épouser pour peu que nous puissions vivre ensemble tous les quatre, dans la tiédeur d'un appartement. Paul trouvait Aude plus calme qu'avant, il me suggérait de faire une fin, comme lui. Une fin avant tout début, c'eût été pour le moins prématuré.

Nous sommes rentrés à Moulins par le train du soir. Toujours les mêmes gares : Briare, Cosne, Nevers. Des prairies grasses semées de châteaux et de vaches. Toujours blanches, les vaches. Aude s'extasiait sur le bébé de Paul, j'orientais la conversation vers un autre sujet. Elle s'en apercevait, ça rouvrait une plaie. Elle aurait voulu que nous fussions un vrai couple, avec un bébé, un landau, un mini-siège sur la banquette arrière de la voiture, pour aller à trois passer des week-ends à Jaligny ou à Bercy. Elles veulent cela, presque toutes, quittes à s'en repentir, c'est biologique.

Les cours ont repris. J'ai retrouvé Hubert à Clermont, Tine dans sa maison crépie de gris au bord de la nationale 7. Je me suis inventé des ennuis abdominaux pour qu'elle s'endorme sans m'attendre. Ma libido en panne savait où redémarrer : dans l'épicerie de la mère. Tine devenait le miroir de sa maman, j'inventais des prétextes pour aller la saluer. Je calculais les heures où le mari ni le fils ne risquaient de m'y surprendre. Nous bavardions. Sa philosophie était aussi courte que ses robes, je n'y voyais que des avantages. Quand elle grimpait sur un escabeau pour attraper une boîte de conserve, je perdais pied ; maintes fois j'ai failli risquer le tout pour le tout. Je crois qu'elle m'avait à la bonne et que l'adultère ne lui faisait pas peur. Aurait-elle pour autant consenti à fauter avec le fiancé de sa fille ? On ne sait jamais précisément où les gens érigent leurs barrières morales.

Hubert riait en m'écoutant lui raconter ce cafouillage d'un désir qui escamotait la fille pour se fixer sur la mère alors que Tine était indéniablement mieux balancée. Il estimait que je me compliquais la vie. J'avais de quoi lui retourner le compliment, car il s'était entiché d'une théâtreuse d'avant-garde aussi maigre que lui, plus désaxée que Véronique et qui n'avait pas dû se doucher depuis Mai 68. Elle jargonnait « socio-cul » ; je connaissais ce patois, il avait cours à Paris depuis le début de mes études. J'ai essayé de convaincre Hubert qu'il se fourvoyait. Il m'en a voulu : pour rester l'ami d'un amoureux, il faut feindre d'approuver sa passion ; à défaut, s'abstenir d'en dénigrer l'objet. Je n'ai pas eu cette délicatesse et nos relations se sont espacées.

Il est vrai que j'allais moins souvent en cours.

Les professeurs m'avaient déçu. Soit ils disséquaient avec une obstination maniaque les cadavres de la pensée, soit ils béaient devant des évidences. Les livres des meneurs proposaient tous une vision de l'homme à la baisse : au mieux un synthétiseur, au pire une broyeuse. J'avais conscience d'être arrivé sur terre à la fin d'un grand cycle ; il me déplaisait d'être un fossoyeur. Du reste les grandes énigmes métaphysiques demeuraient entières, j'échouais à les élucider, j'étais résigné au dualisme avec Descartes, je m'en évadais avec les monades de Leibniz, je le retrouvais avec Bergson, je le répudiais avec les phénoménologues. Hegel avait de grandes séductions, parce que son Esprit en devenir taillait sa route vers une finalité qui avait à voir avec mes mirages sudistes. Mais il se pouvait que l'Histoire n'ait pas de sens, qu'elle compose seulement des arabesques dans un temps sans limites, telles les buses dans le ciel de Bercy. J'ai été, brièvement, illuministe avec Swedenborg, j'ai frayé avec le Dieu platonicien des premiers Pères de l'Église, puis celui de Kierkegaard. Politiquement, j'ai oscillé entre l'anarchisme de Stirner, l'aristocratisme de Carlyle, la théocratie et j'en passe.

Seul me captivait le cours d'un professeur zozotant et chauve qui nous parlait de Spinoza. *Deus sive natura.* L'intransigeance de Spinoza, la cohérence de son système me paraissaient admirables — et notamment sa distinction des passions tristes et des gaies.

J'ai dû être spinoziste jusqu'aux vacances de février ; après, j'ai trouvé son immanentisme trop verrouillé pour que mon âme ne s'y sente pas comme un oiseau dans une cage. Elle s'est envolée ailleurs. Elle s'envolait tout le temps, j'avais du mal à la repérer dans les nuages de mes songeries. Pascal était mon phare le moins discutable — un phare à la lueur pâle et clignotante comme celui de Biarritz, sur sa falaise, derrière l'Hôtel du Palais. J'avais un modèle, le Teste de Valéry. Comme lui je me voyais penser, je me voyais pensant ma pensée — et je croyais pouvoir dédoubler sans fin ma conscience afin d'atteindre une surhumanité qui me gonflait d'une joie sombre. Le but était de me rapprocher de Dieu en possédant, à titre de locataire, un abrégé de son omniscience. Autant dire que je plaçais la barre à une certaine altitude. Je n'en retombais que plus douloureusement. Mes pensées changeantes digressaient autour d'une intuition tenace : l'aventure du monde était foireuse depuis son déploiement dans l'espace et le temps. Ce grouillement d'atomes m'indisposait. Subsidiairement, l'aventure humaine avait mal tourné quand les neurones s'étaient complexifiés. Avec des potentialités indéniables, on aurait pu faire mieux que ce chaos sanglant, cruel et insane, à peine ennobli par des plages de beauté et de tendresse.

Agiter, peser, absorber, rejeter tant d'idées me prenait du temps et m'isolait de mes semblables. J'écrivais sans relâche des textes que je déchirais le lendemain. Aude au pied du jacquemart, Tine au bord de la nationale 7 étaient dans ma vie comme le fond paysager d'un tableau : nécessaires mais périphériques. Tine s'en accommodait. Pas Aude. Avec Tine je jouissais d'une quiétude reposante mais les nuits étaient longues. Aude m'accablait de reproches parce que je rentrais tard, découchais à l'occasion et trouvais ses amis toujours aussi cons. Comment s'intéresser au dernier modèle de Maserati quand on se croit à la veille d'une révélation capitale ? Pourquoi les gommeux du Café américain s'évertuaient-ils à quérir un rôle dans la comédie sociale puisque le scénario était obsolète ?

Au fond, j'aurais préféré vivre ailleurs, sans l'une ni l'autre. Mais la solitude me faisait peur, et j'étais fidèle à ma façon, je ne voulais pas les perdre. Encore moins qu'un autre les gagne. Elles m'appartenaient, chacune avait son casier dans mon cœur. Aucune ne le remplissait, je m'en apercevais en rentrant à Bercy : la photo d'Hélène dans ma chambre levait une houle de mélancolie ; j'allais au jardin public et le fantôme ailé de Bérénice planait sur la charmille, il serait toujours là, c'était à tout jamais la femme de ma vie.

Je m'enlisais sans vrai bonheur dans cette double conjugalité, m'en remettant au hasard pour me tirer de ce pétrin. Il m'a proposé Sophie. Elle assistait au cours du professeur chauve sur Spinoza, je l'avais repérée depuis longtemps mais nous n'avions échangé que quelques mots. Brune, coiffée court, dodue, pommettes de type asiate, toujours en jeans, rieuse au premier abord. Rieuse et studieuse : elle prenait tout le temps des notes et posait des questions avec l'accent auvergnat. Un jour où nous étions l'un à côté de l'autre, je lui ai dit que son accent n'était pas très philosophique. Elle a souri. J'ai aimé ce sourire, il présumait une joie de vivre. Nous avons bavardé à la sortie du cours. Elle était spinoziste et de gauche. Et toi ? Moi, j'avais passé Spinoza aux oubliettes, et je n'étais ni de droite, ni de gauche, ni du centre, ni des extrêmes.

Alors, tu es quoi ? Il fallait la chaleur d'un bistrot pour tenter de répondre à une question somme toute embarrassante. Elle m'a retrouvé le lendemain dans le bar où j'avais pris mes habitudes avec Hubert, sur un boulevard qui ceinturait la vieille ville. Je lui ai lu les derniers-nés de mes aphorismes. Elle a daigné leur trouvé du sel. Ça m'a flatté. Elle parlait à toute vitesse, assaisonnait Marx à la sauce freudienne, ce qui n'était pas très original, à l'époque. Jolies lèvres charnues. De l'éloquence dans la poitrine. Contestataire en diable mais douce au regard avec ce visage rond encadré de cheveux noirs coupés à la garçonne. Les yeux aussi étaient noirs, ils s'allumaient quand elle souriait.

Nous sommes vite devenus aussi inséparables que mon double ménage le permettait. J'aimais sa façon de rire, puis de tourner les yeux pour trouver une idée, comme un écureuil cherche une noisette sous une feuille. Ses parents tenaient une bijouterie sur une grande place où une statue de Vercingétorix à cheval entretenait le patriotisme auvergnat. Elle était mariée de fraîche date à un avocat inscrit au barreau d'Aurillac, Cantal. Il y passait trois jours par semaine. Le couple habitait chez les beaux-parents de Sophie, dans une villa sur les hauteurs de la ville.

Nous avons dîné ensemble, un soir où le mari était à Aurillac. Sophie ne mangeait rien et observait un mutisme déroutant. Je lui ai demandé pourquoi. « Tu veux *vraiment* le savoir ? » Il y avait une flamme bizarre dans sa prunelle et le « vraiment » sonnait comme une menace. Elle m'a dit, crûment, qu'elle avait envie de moi. Physiquement envie ; c'était le désir qui lui coupait l'appétit et lui séchait la langue. J'en ai déduit que j'allais connaître des moments difficiles et j'ai eu du mal à avaler mon dessert. Le « désir », j'errais en aveugle dans ses dédales, c'était plus compliqué que dans les livres de Freud. Il me semblait indélicat et presque profanatoire de le nommer comme s'il se fût agi d'une envie ordinaire.

Nous n'avions pas de toit où nous poser, seulement ma deux-chevaux, et les hivers sont froids en Auvergne. Nos mains ont fait ce qu'elles ont pu, ça me rappelait Tine à nos débuts, sous le pont métallique, à ceci près qu'il y avait des passants dans les rues de Clermont : au comble de l'égarement je vis, derrière la vitre, les yeux exorbités d'un reluqueur fixés sur le collant baissé, le pull relevé jusqu'au cou de Sophie.

Pendant des jours nous avons cherché des endroits isolés pour y repousser les bornes de l'indécence. Il neigeait sur les volcans, le plateau de Gergovie, la plaine de Limagne. Je découvrais la sombre majesté en noir et blanc des paysages autour de la ville. Nos corps s'impatientaient. Le mot est faible. Impossible de risquer un accouplement dehors, fût-il bref, la froidure nous aurait pétrifiés. Impossible dedans, nos déhanchements relevaient d'un yoga si compliqué que nous finissions par éclater de rire. Or, le « désir » exclut le rire.

Nous n'avions pas les moyens de nous offrir l'hôtel et Sophie envisageait cette hypothèse avec une certaine répugnance ; son beau-père était député, avec vue sur un portefeuille ministériel, la notoriété de sa belle-famille l'exposait à un scandale dont la « réaction » tirerait profit. La « réaction », en ces temps-là et dans ces parages, c'était les amis politiques de Giscard qui, lui, convoitait la présidence de la République.

À court d'imagination et à bout de patience, nous optâmes pour le domicile conjugal de Sophie. Les absences hebdomadaires du mari nous procuraient l'aubaine d'un lit gratis. Les beaux-parents occupaient le premier étage de la villa, le jeune ménage vivait au rez-de-chaussée et jouissait d'une entrée distincte. Il n'en faudrait pas moins user de précautions, les deux portes donnant sur le même jardin. Sophie considérait que, si nous étions découverts, le scandale ne sortirait pas de la famille, Giscard ne pourrait pas s'en faire une arme.

J'ai aimé nos ébats sur ce lit conjugal sans pieds, environné de livres et dont les couinements nous inspiraient un effroi savoureux. Par la baie vitrée on pouvait voir, sans sortir des draps, les lumières de la ville, les deux flèches noires de la cathédrale, j'avais l'impression de toiser Clermont du haut de notre irrégularité.

Parfois Sophie émettait un feulement, je lui intimais de se taire. Elle riait. « Tu as peur ? » J'avais peur du ridicule, si on nous surprenait. On entendait des bruits de pas au-dessus du plafond, des éclats de voix. « C'est ma belle-mère. Si elle savait... » Sophie pouffait, étalait sur le drap sa nudité en noir et blanc. « On s'est bien amusés, aujourd'hui. Tu... » Je l'interrompais, remontais le drap, allumais une cigarette, effeuillais un livre et déviais la conversation. Je n'appréciais pas trop ses commentaires, après. L'amour des corps, ça ne doit pas tomber dans le langage. Sophie avait lu trop de livres, elle avait tendance à théoriser ce que nous venions de commettre pour en faire un attendu de sa « libération sexuelle ». Ce langage me désobligeait. Sophie n'était pas plus « libérée » qu'Aude ou Tine. Elle l'était infiniment moins que Bérénice. Elle croyait transgresser un interdit bourgeois et s'en gargarisait. Tromper son mari pimentait sa volupté alors qu'à mes yeux un mari était un obstacle, rien de plus ; le plaisir que je goûtais en le surmontant était d'ordre technique, comparable à un dribble ou une feinte de passe. C'était plaisant de toréer les cornes d'un cocu que je ne connaissais pas pour éviter d'être embroché, mais je ne lui voulais pas de mal. Et quand Sophie éteignait la lampe, nous abordions un territoire trop mystérieux pour tolérer la souillure de sentiments tout juste dignes d'une comédie de boulevard.

À ces réserves près, qui n'étaient pas anodines, nous fûmes des amants joyeux et complices à l'intérieur d'une parenthèse, les trois jours du mari à Aurillac, Cantal. Sophie l'avait informé de nos liens. C'était soi-disant dans leur contrat, chacun avait licence de promener son « désir » où bon lui semblait. J'aurais préféré qu'elle s'en tînt à une stricte clandestinité ; il y a des cocus complaisants, des résignés, il n'y en a d'heureux que s'ils ignorent leur infortune.

J'avais dit à Sophie que je vivais avec Tine, préférant faire l'impasse sur Aude avec qui j'étais à nouveau au bord de la rupture. Je rentrais à Moulins de plus en plus tard, de moins en moins souvent, et je négligeais mes devoirs para-conjugaux. Non que je me fusse tout à fait lassé de son corps mais celui de Sophie avait ses exigences et il fallait aussi gratifier Tine d'un service minimum. L'amour charnel, c'est dans l'esprit que ça se mitonne mais il y a un substrat physique et je n'étais pas un surhomme.

Sophie provoqua sans le savoir une embrouille avec Aude qui mit un terme à ma trigamie. Elle m'écrivait des billets doux qu'elle me remettait quand nous nous séparions. Au début, je garais la deux-chevaux devant le premier lampadaire, je lisais le billet, je le déchirais et je le jetais. La prose ne laissait aucun doute sur la nature de nos relations : Sophie commentait nos joutes de la veille comme s'il se fût agi de performances athlétiques et d'ailleurs elle les notait. Douze sur vingt, mon chéri, tes préliminaires manquaient de doigté. Je lisais ses inepties avec une certaine gêne et je m'en débarrassais. Une seule fois, parce que j'étais en retard et que Tine avait invité ses parents à dîner, j'ai mis le billet dans ma poche et j'ai foncé sur la route de Moulins.

Cette soirée, je l'ai gardée en mémoire, et pour cause. Le père de Tine avait apporté deux bouteilles de pommard, sa mère s'était maquillée et endimanchée : du coup je la trouvais moins désirable, sa robe rouge la boudinait, elle faisait bobonne.

J'aurais dû me méfier tout de suite, leur affabilité était trop sucrée. C'est au fromage seulement que j'ai compris. La conversation s'orienta brusquement vers l'avenir de notre couple. Je n'imaginais de le conjuguer qu'au présent de l'indicatif. L'avenir était un territoire à la fois enchanté et maléfique, un champ de bataille ou de ruines, j'entrevoyais à peine ses extérieurs — au sud le plus profond — mais il allait sans dire que Tine ne s'y inscrivait pas davantage qu'Aude ou Sophie.

Ayant flairé le danger, je m'efforçai de ramener le père à sa passion : le football. Nous avions en partage une sympathie pour les Verts de Saint-Étienne, une allergie aux Rouges de Monaco, réputés aristos. Trop tard. La mère s'empara de la parole en fixant son assiette. Moi, je regardais sa poitrine depuis le début du repas en me promettant d'y apposer mes paumes dans les plus brefs délais. Je nous voyais déjà dans son échoppe, ou plutôt dans la pièce attenante qui servait de dépôt. Je construisais la scène avec un luxe de détails empruntés à mes prestations avec Sophie, sur le lit conjugal. Il y avait une ressemblance, côté buste, entre l'épicière et la philosophe. La mère de Tine n'était pas du tout sur ma longueur d'onde. Nous nous entendions bien, Tine et moi, dit-elle en substance. Je n'avais pas encore de situation mais j'en trouverais une, avec mes diplômes et les relations de mon père. En conséquence il n'était pas impertinent de prévoir un mariage. Pourquoi pas à l'automne ?

De la sueur coulait sur mon échine. J'ai regardé Tine. Elle était de mèche avec sa mère. Je l'ai haïe, moi qui suis si peu doué pour la haine. Oui, murmura-t-elle, nous nous entendions bien. Elle ajouta seulement que nous n'étions pas pressés. Le père m'observait de biais sous sa casquette de cérémonie. La mère s'était tue, le trio attendait mon verdict. Un silence plana. Les voitures filaient sur la nationale 7, j'enviais leur galop. La scène présentait de fortes analogies avec un interrogatoire de police, voire de police politique. Du coup je me suis avisé que le père de Tine était communiste encarté. Jamais je ne m'étais senti aussi réactionnaire.

J'ai biaisé. Serait-ce raisonnable de convoler avant que d'avoir satisfait à mes obligations militaires ? L'argument leur a paru spécieux. Celui d'éventuels oraux à repasser en septembre était aussi peu convaincant. J'ai failli m'inventer une tumeur maligne, un souffle au cœur, un mal assez irrémédiable pour les refroidir. M'auraient-ils cru ? J'étais piégé, autant valait leur lâcher du lest. Ce que j'ai fait, sans effort car j'assistais à cette fin de dîner comme si j'étais assis dans une salle de cinéma ; ces trois fantoches allaient disparaître de ma vie, à quoi bon les heurter de front ? Une fatalité, bénéfique en l'occurrence, me disposait à tout regarder en spectateur : les gens, les idées, mon propre moi séparé de soi par une barrière invisible. Depuis toujours je me dédoublais et je me voyais agir et penser, comme on voit défiler des paysages derrière la vitre d'un train sur laquelle de la pluie ruisselle. Une pluie fine et insistante.

J'ai laissé entendre que l'idée de mariage ne

me déplaisait pas, au contraire. Simplement, je préférais en parler à mes parents avant d'aborder le côté pratique de l'affaire. Le plus tôt serait le mieux. Ils en sont convenus. Pourquoi pas dès ce soir ? Ils ont approuvé cette hâte, qui me permettait de décamper.

Quand la deux-chevaux s'est retrouvée sur la nationale 7, un sentiment de liberté m'a submergé. J'étais si heureux de les fuir que je disais à la voiture des choses tendres, des mots d'amoureux plein de gratitude. Toi et moi, unis contre ce monde infâme ! File, jolie jument, file ton train sur le ruban bleuté ! Jamais je ne repasserai le seuil de cette bicoque affreuse, jamais je ne comparaîtrai à nouveau devant ce trio policier ! Tant pis pour la mère, me suis-je dit en dépassant sa boutique, il y a tant d'autres poitrines avenantes.

Je chantais de vieux tubes en dévalant les pavés de la rue de l'Horloge, j'avais de la tendresse pour la petite ville endormie. Je trouvais au cours Anatole-France une poésie aimablement surannée, je me faisais une fête de retrouver Aude dans notre appartement. L'euphorie de mes amours avec Sophie, le soulagement intense de m'être évadé de chez Tine conspiraient à mon exaltation. Aude que j'ai réveillée n'en revenait pas.

La nuit fut belle. J'avais Aude dans mes bras, et dans la région du cœur un mixte d'elle et de Sophie. J'étais tenté de tout lui raconter. Elle n'aurait pas compris. L'amour incarné, c'est toujours entre soi et soi ; on peut juste convier l'autre à la fête et l'aider à allumer ses propres étoiles. Au fin du fin, avec Sophie comme avec Aude, l'ombre dorée de Bérénice surgissait, la lueur d'un phare tournoyait, j'étais à Biarritz et puis tout s'éteignait tandis qu'Aude ou Sophie rallumait la lampe.

Aude se levait toujours avant moi. Elle a fait mes poches pour y chercher des cigarettes. Du moins l'a-t-elle prétendu, le billet de Sophie à la main. Mauvais cas. À défaut de pouvoir nier, j'ai minimisé. Elle m'a sommé de décamper sur l'heure. Si elle avait pleuré ou hurlé, j'aurais pu rattraper le coup. Elle avait sa voix faussement posée de procureur, je savais d'expérience qu'il fallait mettre de l'espace entre nous, sinon elle allait tout casser.

J'ai bouclé ma valise et suis allé la poser à Bercy. J'en revenais au point alpha : le clocher, la maison, mes parents. Ils n'ont pas osé me demander d'explications. Le village n'avait pas changé. Il ne changerait jamais. Il pleuvait. Des voitures passaient sur la route de l'Est, je les regardais mollement. La photo d'Hélène avait l'air de me plaindre. Aurais-je dû la suivre au Havre ? C'était loin, Vichy, le casino, l'hôtel, sa chambre, ses larmes. Aussi loin que Biarritz. Toujours ces voitures, ou ces camions. Ils allaient quelque part. Je doutais qu'il y ait lieu d'aller où que ce soit, puisque aussi bien je rejoindrais ma parentèle dans la tombe familiale. Autant laisser couler sur place le reste de mon âge, le transport du cadavre en serait simplifié.

N'eût été Sophie, j'aurais laissé filer l'année universitaire et serais resté à Bercy comme un lièvre en son gîte. J'estimais avoir fait le tour des systèmes philosophiques. Aucun ne m'avait retenu, il n'en restait qu'une incrédulité nauséeuse. J'avais fait le tour du concubinage et j'en étais rassasié. Mais, dans mon sommeil, Sophie s'interposait, vêtue seulement d'un collier d'argent, étalée nonchalamment sur son lit conjugal avec au coin des lèvres ce sourire narquois qu'il me plaisait d'effacer. Comme elle était mariée, je ne courais pas le risque qu'elle veuille m'épouser.

Je suis reparti à Clermont. Pour s'y rendre depuis Bercy, il fallait traverser Vichy de part en part. Le souvenir d'Hélène me hantait, une tristesse me serrait la gorge quand je longeais notre hôtel, vaisseau fantôme d'un voyage qui aurait pu m'emmener très loin. Mais où ? Avais-je vraiment « possédé » cette femme ? L'avais-je aimée ? Peut-être pensait-elle encore à moi, là-bas, dans son port de mer ? À moins qu'elle ne se fût consolée dans les bras d'un autre. Cette éventualité me blessait, je sombrais dans les affres d'une jalousie inepte, je fomentais le projet d'aller au Havre, d'assassiner l'amant éventuel, et la coupable aussi pour faire bonne mesure. J'englobais dans une même détestation Hélène, Aude, Tine, je haïssais ma haine ; un attendrissement tout aussi absurde la supplantait, je me reprochais de les avoir perdues.

Je retrouvais Sophie au cours sur Spinoza. Elle prenait toujours des notes. Pas moi. Je n'étais plus spinoziste. Ni hégélien. Je n'étais plus rien, mes pensées s'effilochaient comme font les nuages roses, l'été, autour du soleil quand il va prendre congé.

J'ai raconté à Sophie le traquenard dans la maison de Tine et ma fuite à Bercy, en faisant l'impasse sur l'épisode de son billet. Elle a rigolé. Je riais plus jaune qu'elle, à cause de mon ours en peluche. Pas question de l'abandonner ; je me sentais coupable de l'avoir laissé en otage, j'avais peur que Tine ne se venge sur son maigre pelage d'être sans nouvelles de moi. Car je ne lui avais plus donné signe de vie et j'avais prié ma mère de ne pas dire où j'étais si on m'appelait au téléphone.

Pour récupérer mon ours, il faudrait retourner dans la maison grise et affronter Tine. La perspective n'était pas réjouissante. Cette maison gâchait mes nuits, je la rêvais hérissée de barbelés, avec des miradors à chaque angle du jardin et deux sbires armés qui patrouillaient derrière les thuyas, le père, la mère.

Nos escales dans la villa des beaux-parents de Sophie étaient moins brèves ; j'étais redevenu célibataire, j'avais du temps à volonté. Des réminiscences d'Hélène s'invitaient dans nos étreintes, parce que chaque jour je passais devant notre hôtel, je tentais de reproduire nos gestes, ceux de Sophie étaient trop sophistiqués pour entretenir l'illusion. Désormais, elle me faisait grâce de ses impressions ; après, nous parlions d'autre chose. De mon ours, auquel je pensais tout le temps, ça devenait une obsession, il fallait que j'aille le libérer, sauf à perdre l'honneur, et surtout à rompre le fil d'Ariane qui m'arrimait tant soit peu à ce qu'on appelle une « identité ».

Sophie m'a proposé de m'accompagner dans le patelin où Tine avait cru me mettre en cage. À deux, c'est plus facile d'être courageux. Nous partirions ensemble, elle m'attendrait dans un bistrot, je récupérerais mon ours, accessoirement mes disques auxquels je tenais aussi parce qu'ils m'avaient presque tous été offerts par Aude ou Bérénice. Après l'épreuve, nous fêterions la libération en nous offrant une nuit à l'hôtel. L'idée de l'hôtel venait de Sophie, je l'ai trouvée romanesque. Le mot — hôtel — renvoyait à Hélène, au champagne, à une forme luxueuse de clandestinité.

Restait à trouver un prétexte pour sortir l'ours et les disques de la maison grise sans éveiller les soupçons de Tine. Je ne voulais pas la meurtrir en lui avouant que cette visite serait la dernière. Ma lâcheté se donnait le change de la sentimentalité ; je l'aimais bien, je préférais la larguer en douceur, autrement dit me défiler.

Sophie avait l'imagination plus fertile que la mienne. Elle me suggéra d'inventer une soirée rétro à Bercy, chez des amis, pour justifier le rapatriement des disques. Ils dataient tous des années soixante. Quant à l'ours, son état justifiait une hospitalisation : un marchand de jouets m'aurait proposé de lui recoudre une oreille et de le repelucher.

Nous avons pris la route, un après-midi, après un cours de psychanalyse de l'art administré par un professeur tiré à quatre épingles qui voyait surgir des phallus dans tous les tableaux. C'était la mode. La neige avait fondu sur les volcans, le printemps approchait, mon ours allait recouvrer sa liberté ; à défaut de sens, la vie avait une saveur. La main de Sophie se posait sur la mienne, je la lâchais pour changer de vitesse, je la reprenais ensuite. Nous étions comme des amoureux. Sophie me disait : « Courage, petit homme ! », c'était le titre d'un livre qui traînait dans sa chambre conjugale.

À Saint-Pourçain, nous sommes passés devant la brasserie où j'avais rencontré Tine, dans un passé qui me semblait lointain. Plus nous approchions du but, moins j'étais détendu. J'ai même envisagé de changer de cap et d'aller retrouver Paul à Paris. En franchissant le pont métallique, je me suis revu dans la même voiture, avec Tine, et il m'est revenu qu'elle portait le même genre de pantalon que Sophie, avec une fermeture éclair pareillement incommode. J'ai gardé la réflexion pour moi. La mère de Tine était devant la porte de son épicerie, j'ai tourné la tête mais elle a pu reconnaître la deux-chevaux à ses égratignures.

J'ai déposé Sophie devant un café en face de l'église, dans ce bourg dont décidément je ne retrouve pas le nom. Un endroit triste, comme la maison grise. J'ai sonné dans l'état d'esprit d'un soldat qui monte à l'assaut sans être sûr d'avoir des balles dans son fusil. Ni même s'il a vraiment envie de tuer.

Tine rentrait juste de son usine. « C'est toi, chéri ? » C'était moi, chérie. Ce mot de feuilleton, j'en usais avec Sophie, j'en avais usé avec Aude. Bérénice m'appelait son « cousin chéri » et Hélène, une fois, avait lâché un « petit barman chéri », ça faisait beaucoup de chéris pour le même.

Tine était si heureuse de me revoir que le sentiment de culpabilité m'a tétanisé. Pourtant je n'y suis pas sujet, le psychanalyste de Phoenix avait relevé ce trait de ma personnalité, capital à ses yeux. Rien n'avait changé dans la maison — les mêmes meubles, les mêmes chromos dont la mocheté m'attendrissait. Les poupées en costume folklorique faisaient triste mine, on aurait dit qu'elles devinaient mes intentions. J'ai embrassé les lèvres de Tine qu'elle peignait à l'excès, toujours en rose bonbon. Elle m'a servi une bière. J'ai fait comme chez moi, c'est le cas de le dire. Mon histoire de soirée rétro est passée comme une lettre à la poste. Je n'étais pas fier de moi : bourreau, c'est un vilain rôle. Surtout quand la victime offre son cou sans se douter de rien. J'ai embrayé sur mon histoire de chirurgie esthétique oursine. Elle m'a cru, j'avais honte, tellement honte que j'ai posé ma main sur ses hanches en l'embrassant avec une tendresse toute neuve. Le désir d'un homme s'allume aussi avec la braise de la compassion. Tine a tiré le rideau de la fenêtre, nous nous sommes dévêtus dans un silence de nécropole. Je savais que ce serait la dernière fois. Pas elle. Ce malentendu m'a hissé au-dessus de mon étiage et, pour la première fois, nos corps ont trouvé la juste mesure sous l'œil ironique de mon ours en peluche. Tine, je le crains, a dû en tirer une conclusion erronée.

J'ai allumé la lampe. Sept heures. J'avais oublié Sophie. Elle devait trouver le temps long. J'ai prétexté un dîner de famille à Bercy et comme tout menteur j'ai fignolé les détails : une tante venue de loin, atteinte d'une maladie incurable et que je ne reverrais sûrement plus vivante. Tine m'a demandé quand je reviendrais. Je lui ai lâché un jour de la semaine, comme on balance un os à un chien, j'ai même ajouté l'heure probable pour faire plus vrai. « Tu m'aimes ? » Un tueur professionnel n'aurait pas eu la cruauté de lui répondre « Non ». J'ai dit : « Bien sûr. » C'était le moindre de mes mensonges. D'ailleurs, à cet instant, je l'aimais, si tant est que ce mot soit applicable à un mélange poisseux à base de remords, de pitié, de regrets. Je me suis retrouvé dans ma deux-chevaux, sur la nationale 7, avec mon ours et mes disques. Les livres, les pulls et le linge, j'en faisais mon deuil.

Sophie était furieuse. Trois heures d'horloge devant un bol de chocolat sans avoir pu aller se balader car elle n'avait pas un sou sur elle. J'ai prétendu que le débat avait été serré. Elle m'a cru. Décidément les femmes ce jour-là étaient enclines à la crédulité.

La nuit était tombée. Nous avons pris la route de Bercy pour ne pas repasser devant la maison grise et l'épicerie. Sophie était redevenue joyeuse, j'avais mon ours dans le coffre ; le trio que nous formions, dans la nuit, sur une petite route bocagère, composait une allégorie acceptable de la liberté.

Je n'avais aucune envie de retrouver Bercy. J'ai obliqué, nous avons traversé des villages dont les hôtels étaient tous fermés. J'aurais préféré que nous renoncions au projet d'une nuit amoureuse ; ma libido venait de s'appesantir sur le corps de Tine, celui de Sophie risquait d'en pâtir. J'avais cette fierté bête du mâle : une panne en plein vol et mon honneur se scratcherait. Mais Sophie se faisait une fête de cette nuit adultérine, je ne me sentais pas capable de la décevoir, après avoir si laidement exécuté Tine.

Nous avons échoué à Moulins. C'est le chef-lieu, les routes du pays y convergent et nous étions sûrs d'y trouver une chambre d'hôtel. Je craignais de tomber sur Aude. Que nous ayons rompu n'y changeait rien : Moulins, c'était Aude depuis l'année du bac, la moindre rue profilait sa silhouette, je ne voyais qu'elle. L'absence l'avait enjolivée, je me sentais capable de retomber amoureux. Sophie était de trop, elle profanait des souvenirs qui m'étaient chers. J'aurais voulu aller sonner chez Aude ; ses grands yeux verts m'auraient souri, elle m'aurait dit « Je t'aime encore », ou quelque chose d'approchant. Après l'amour nous aurions écouté nos vieux tubes pour ressusciter le temps de la mobylette bleue, des Craven rouge et du vent dans nos voiles sur la route de Souvigny. Justement j'avais les disques dans le coffre. Je serais redevenu ce jeune homme impétueux, incertain, invivable sans doute mais qui au moins ne doutait pas d'avoir du destin dans sa besace.

Au lieu de quoi nous avons dîné dans une brasserie en face de la gare, pour éviter le centre-ville où trop de gens m'eussent reconnu. Mais la gare aussi me faisait le coup de la nostalgie, j'y avais pris trop de trains bondés d'illusions. Sophie n'a rien mangé, rien dit. Je savais pourquoi : son « désir ». Le mien avait des vagues dans l'estomac.

Pas d'hôtel dans la périphérie, sauf à se contenter d'un bouge, ce qui n'entrait pas dans les vues de Sophie : sous les pavés de la gauchiste, une bourgeoise affleurait, il lui fallait du confort. Autant descendre à l'Hôtel de Paris, le plus huppé de la ville, au bout du cours Anatole-France, soit à portée de voix de l'appartement d'Aude. En faisant ce choix, je la provoquais tout en me rapprochant d'elle. Pour forcer cette logique dans ses retranchements, j'ai garé la deux-chevaux sur le cours, devant la tour des anciennes fortifications et juste derrière la Fulvia bleu marine d'Aude. Elle pouvait nous voir de sa fenêtre, qui était allumée. Était-elle seule ? La braise de la jalousie se rallumait déjà.

La fenêtre de la chambre qu'on nous attribua donnait aussi sur le cours. J'ai espéré voir Aude sortir de chez elle, seule. Sophie se douchait. J'ai hésité à composer le numéro que je connaissais par cœur. Six chiffres et j'aurais sa voix au bout du fil.

« Joue avec mon corps », m'intima Sophie en se déroulant nue et mouillée sur le dessus-de-lit. Toujours son côté « libéré ». Elle aurait dû savoir que l'amour n'est pas un jeu. Le mariage était un jeu, comme la politique de son beau-père, le Rotary du père d'Aude, l'embouche de bovins de mon père, la philosophie de nos professeurs. La vie sociale est un jeu avec ses rites et ses hochets, l'argent, les titres, les médailles, les « responsabilités ». Tout n'est que jeu, fors l'amour. De cela j'étais sûr. L'amour est le sacrement capital d'une religion barbare, qui s'accordait mystérieusement à mon catholicisme hétérodoxe. L'étreinte la plus frugale, l'outrage le plus osé reflétaient les extases de mon enfance, quand un *Veni Creator* entonné par des bigotes vêtues de noir montait vers les voûtes de l'église de Bercy.

J'ai gardé de cette nuit à l'Hôtel de Paris un souvenir confus. J'avais arraisonné le corps de

Tine, celui de Sophie venait en surimpression, éclipsé surtout par celui d'Aude. Étrange syncrétisme. Sophie ne pouvait pas savoir qu'elle usurpait au moins deux identités. Sans doute étais-je coulé moi aussi dans un corps étranger. Le mari ? Un autre ? Les monologues de l'amour sont indéchiffrables. De qui, de quoi s'agissait-il quand Sophie mettait le son sur les figures de notre ballet ? Mystère. Ce qu'elle en disait, après, n'avait aucun intérêt, c'était juste un discours convenu qu'elle plaquait, peut-être pour se rassurer. Au retour elle s'était tue mais la nuit de Moulins l'avait marquée, elle s'y référait souvent, dans le lit conjugal, comme si nous avions atteint un zénith ou une apothéose.

J'ai rappelé Tine une fois, par pitié : je l'imaginais seule dans la pièce au papier peint d'un jaune sale, regardant par la fenêtre en espérant voir une deux-chevaux blanche apparaître sur la nationale 7. J'ai cru percevoir dans l'écouteur le grondement d'un train. Évidemment je lui ai dit que je reviendrais, tout en sachant que je n'en ferais rien. Et trop conscient que mon attitude n'était pas glorieuse.

La mère de Tine a fini par téléphoner à Bercy, le numéro de mes parents figurait dans l'annuaire. Elle est tombée sur ma mère. Non, je n'avais jamais parlé d'un projet de mariage avec une Martine. Ma mère a dû se confondre en excuses. Elle m'a demandé qui était cette Martine. Rien d'important, juste une copine dont la mère se faisait des idées. Les mères ont la manie de vouloir caser leurs filles. Quelques jours plus tard, notre facteur boiteux apporta un colis adressé à mon nom. Du linge, des pulls, quelques livres. Pas un mot. Ma mère qui avait ouvert le colis s'est abstenue de tout commentaire.

Afin d'éviter le trajet quotidien de Clermont à Bercy, j'ai pris l'habitude de partager la chambre d'Hubert qui entre-temps s'était débarrassé de sa théâtreuse. Je crois qu'il se lassait aussi du militantisme, il n'y avait plus de tracts dans sa chambre et il parlait moins souvent du prolétariat. La révolution lui paraissait de plus en plus aléatoire, il envisageait une sortie individuelle du capitalisme par le retour à la nature. Il avait entendu parler d'une communauté au Canada, il irait voir, après les examens. C'était plus séduisant que le trotskisme et j'ai dû me convertir à l'écologie pendant quelques semaines, pour le plaisir de concocter avec Hubert une dérive atlantique, en essayant de la tirer vers le sud.

Sophie s'entendait bien avec Hubert. Elle nous rejoignait dans notre bar, sur la petite place et, entre deux parties de flipper, ils accommodaient leur désenchantement idéologique à des sauces variables. Car Sophie aussi se sentait flouée sur sa gauche. Parfois elle consentait à nous suivre. Le printemps s'épanouissait, nous séchions la plupart des cours et partions en balade, tantôt au cœur de l'Auvergne, tantôt vers le Berry. Un soir que nous revenions de Sancerre, passablement éméchés, l'idée saugrenue nous vint de vérifier le civisme des habitants d'un village. Sophie qui ne tenait pas bien l'alcool se mit à hurler « Au secours, on me viole ! », nous fîmes claquer les portières, je démarrai en trombe et m'engageai sur la route. Nous étions sur la place d'un village, en bordure de la forêt de Tronçais où nous avions fait l'amour, Aude et moi, une fois, contre un chêne. Pendant un certain temps, nous crûmes que toute voiture dont les phares se rapprochaient de la deux-chevaux était celle de flics à nos trousses. La griserie conjuguée de l'aventure et de l'alcool nous plongeait dans une joie enfantine. J'accélérais, une voiture nous dépassait, nous étions presque déçus de constater que la police ne s'intéressait pas à nous et Sophie en tirait des conclusions alarmantes sur l'incivilité dans la France profonde.

Nous avions oublié ce jeu idiot lorsque au sommet d'une côte, à l'entrée de Bourbon-l'Archambault, nous vîmes comme dans un rêve, comme dans un film, une théorie de gendarmes dûment armés de revolvers et à l'alignement en travers de la route. Sophie riait, Hubert criait « Ralentis, ils vont nous canarder ! ». J'ai freiné, les gendarmes ont accouru et encerclé la deux-chevaux, revolver au poing. « Sortez ! Bras en l'air ! » Nous nous sommes exécutés. Les pandores semblaient nerveux et apeurés, je sentais la roideur d'un canon entre mes omoplates. Nous fûmes conduits à la gendarmerie, bras toujours en l'air. C'était comique, Hubert demandait l'autorisation de rallumer la cigarette qui lui pendait au bec, j'évitais de croiser le regard de Sophie pour ne pas éclater de rire. Les épouses des gendarmes regardaient la scène des fenêtres du premier étage et on voyait que leurs époux s'étaient vêtus en toute hâte, l'assujettissement des képis sur les têtes et des vestes par-dessus les pyjamas laissait à désirer.

Il y avait un chef. Il nous pria sèchement de décliner nos identités en dévisageant Sophie avec insistance. « Il ne vous est rien arrivé ? » Rien, lui répondit-elle en souriant béatement. Nous n'étions pas censés savoir qu'on nous soupçonnait de l'avoir violée. « Vous êtes mariée ? » Elle dit que oui, le chef ôta son képi d'une main, se gratta la tête de l'autre. « Ces messieurs sont... des amis ? » Elle expliqua qu'Hubert était un ami, et moi, son amant. Était-ce interdit ? Il dut convenir que non, visiblement à contrecœur. En définitive il n'avait rien de positif à nous reprocher. Comme il n'était pas forcément idiot, il se doutait que nous avions soit déconné, soit abusé de Sophie. Mais les deux hypothèses étaient improuvables et Sophie n'avait pas la tête d'une victime. Il nous relâcha, la deux-chevaux redémarra. Rires à volonté. Sophie était si excitée qu'aux abords de Clermont elle suggéra à Hubert d'aller finir la nuit dans une boîte pour nous laisser sa piaule. Son mari occupait le lit conjugal et elle voulait que le viol fictif devînt en quelque façon effectif. Hubert était bonne poire. Il me remit sa clef et Sophie me soumit à des extravagances qui me laissèrent perplexe, pour ne pas dire inquiet : à force de faire joujou avec la transgression, elle finirait par me planter une dague dans le corps.

Chaque week-end je montais à Paris pour y retrouver Paul. Où serais-je allé ? Hubert retournait dans sa famille, Sophie récupérait son mari et à Bercy les dimanches étaient à éviter, des cousins débarquaient de Digoin, avec des gâteaux et des enfants, les déjeuners traînaient en longueur, je n'étais plus chez moi.

Je pensais à Aude, fatalement, en prenant mon train à la gare de Moulins. Je n'avais pas envie de renouer, mais il me déplaisait qu'elle vive sans moi. Vive ou survive : un orgueil imbécile se payait sur l'idée que, sans moi, son existence était pire qu'un calvaire. En même temps, un reste de lucidité m'avertissait qu'il y avait dans cette ville de quoi distraire sa solitude. À supposer qu'elle soit encore seule. Que n'était-elle cloîtrée ou morte !

Paul m'attendait à la gare de Lyon. Nous buvions un demi à L'Européen, la brasserie où jadis nous avions débarqué, venus de la même gare avec nos bacs en poche et le propos de soumettre la capitale, lui régnant sur le social, moi sur le mental, le moral, l'idéal. La configuration de la gare de Lyon favorise les visées mégalomaniaques : on sort de la voûte, on a une portion de Paris à ses pieds, en contrebas. Les disques dans le juke-box n'étaient plus les mêmes, Lennon chantait seul à présent des mélopées sinistres. Nous n'avions exercé aucun règne ; Paul était un fonctionnaire, et moi, une caricature d'étudiant attardé.

Nous descendions à pied la longue et morne avenue qui mène à la porte Dorée en épousant le cours d'une voie ferrée. Il y avait une place au milieu de laquelle des lions de bronze crachaient de l'eau, ce détail me revient. Des lions qui avaient l'air de trouver le temps long. Claire nous attendait dans leur appartement qui peu à peu se meublait. L'exiguïté des lieux, les cris du bébé créaient une atmosphère familiale, j'avais l'impression d'être le fils aîné de mon ami. Pourtant nous avions le même âge. Mais il était adulte, moi pas. Finirais-je comme lui avec un emploi fixe, une épouse déterminée, des enfants à demeure ? Toujours cette peur de finir avant d'avoir commencé.

Claire s'occupait du bébé. Nous sortions sans faire de bruit pour aller hanter les brasseries de la porte Dorée. Je racontais à Paul mes tribulations amoureuses. Il riait. Je ne voyais pas le comique, je pressentais plutôt du tragique sur cet échiquier de sentiments qui ne trouvaient jamais la bonne case. Je lui confiais aussi mes désarrois philosophiques. Aucun système ne me convenait ; je sentais la vérité, parfois je la frôlais, elle m'échappait toujours et je restais coincé entre Pascal, qui m'incitait au renoncement, et les modernes dont l'entreprise de démolition me condamnait à attendre l'éboulement des dernières ruines. Paul acquiesçait, nous remettions ça. Il payait presque toutes les tournées parce que j'étais fauché alors qu'il touchait un salaire. Sur le plan des subsides j'avais perdu gros en me séparant d'Aude : elle ne me laissait jamais sans argent de poche. Sophie n'avait pas cette délicatesse, nous faisions chambre commune mais gousset à part, c'était sa vision de l'égalité des sexes.

Nous retraversions le boulevard de ceinture, longions les grilles du parc zoologique. J'aurais voulu libérer mes frères animaux. Des lions, des loups, des girafes auraient dévalé l'avenue, des aigles auraient survolé la statue dorée et, en croupe d'un éléphant quelconque, j'aurais rejoint ma vraie patrie, là-bas, au cœur des ténèbres.

Je regagnais Moulins par le train du dimanche soir ; non que j'allasse en cours le lundi, mais le mari de Sophie s'absentait ce jour-là, son lit était à ma disposition. Nos corps connaissaient si bien leur partition qu'ils improvisaient sans fausse note. Sans frénésie non plus. Une intuition m'avertissait que cette liaison ne passerait pas l'été et ça me rassurait plutôt.

Aux vacances de Pâques, j'ai suivi mes parents à Biarritz où ils allaient séjourner chez mon oncle et ma tante du côté maternel, les parents de Bérénice, la seule famille qui nous restait car l'oncle colonial était mort, mes grands-parents aussi. Je venais d'apprendre que Bérénice allait se marier. Je savais que je l'aimais à fonds perdus. La faveur qu'elle m'avait consentie, une seule fois, la première pour ce qui la concernait, au jardin public de Bercy, était l'effet d'une tendre complaisance. Nous avions dix-sept ans. Elle s'apprêtait à se brader à un étudiant argentin dont elle s'était éprise à Cavalaire et désirait que je le précédasse. Ses parents habitaient encore Paris à l'époque et comme mon oncle traversait une mauvaise passe, ils s'invitaient à Cavalaire, j'avais Bérénice à ma discrétion pendant tous les étés. À la fin du mois d'août, nous remontions ensemble à Bercy et Bérénice restait jusqu'à la rentrée des classes, tantôt chez l'oncle colonial, tantôt chez mes parents.

Elle n'a jamais été amoureuse de moi, je

n'étais que son ami de cœur, son reflet, son refuge ; en outre un cousin ne saurait convoler avec sa cousine. Pourtant, j'ai pris ces épousailles comme une offense et le jour où ma mère m'en a informé, j'ai déchiré toutes les photos d'elle que je gardais dans un tiroir, en confiant lugubrement à mon ours en peluche que désormais je n'avais plus que lui.

Grâce au ciel le fiancé skiait en Autriche avec sa famille. Bérénice n'avait pas changé. Toujours ce charme vénéneux, toujours cet amoralisme candide. Plus belle que jamais dans ses jupes de gitane et ses chemises bariolées, avec sa chevelure qui pleuvait en mèches blondes sur son visage. Toujours aussi tendre avec moi. Trop, vu les circonstances. Elle en avait sa claque de Bordeaux, et de la fac, ayant tâté du droit, de la psycho et de l'anglais avec un insuccès total. « Je ne suis pas douée pour les études et je n'ai aucune envie de travailler. Tu me vois dans un bureau, avec tous ces papiers et tous ces téléphones ? »

Je ne la voyais pas en épouse non plus. Elle haussait les épaules, dégainait sa moue qui eût réduit un eunuque à merci. « Il est amoureux, généreux et pas compliqué. Tu l'aimeras. » Je le détestais avant de le connaître, j'aurais donné ma deux-chevaux pour qu'il trépasse sous une avalanche. « Ne sois pas jaloux, ce sera juste un mari. »

Le « juste » serait déjà de trop. Nos mères se lançaient avec une sotte excitation dans des histoires de robe blanche, de faire-part et de menus. Le promis appartenait au gratin basque, il fallait faire les choses dans les règles ; je croyais entendre les inepties de la mère d'Aude et de la mienne, lorsqu'il avait été question de mon propre mariage.

On sollicitait l'avis de Bérénice. Elle n'en avait pas. Nous descendions sur la plage. L'océan moussait sur les rochers. En longeant le casino municipal je pensais à Hélène. Le souvenir de la chambre d'hôtel à Vichy rebondissait sur un autre cliché : Sophie à l'Hôtel de Paris. Le film intérieur tournait en accéléré, et à l'envers. Tine sous le pont métallique, Aude dans la clairière, Bérénice au fond du jardin public. Il y avait de quoi s'y perdre. Mais ce n'était qu'un film, la réalité valait plus cher puisque Bérénice en personne me racontait des futilités de sa voix de petite musique de chambre. Elle était là, rien d'autre n'existait.

Elle me tenait par la main, les promeneurs devaient nous prendre pour deux amoureux. Elle penchait la tête sur mon épaule, le bonheur n'était plus très loin. « Physiquement, avec lui, c'est pas l'Eldorado. » Je serrais les dents, lâchais sa main, le bonheur s'éloignait. « Pardon. » Un sourire, un baiser sur les lèvres, elle me reprenait la main. Les chats sont comme ça avec les souris, cruels pourrait-on croire, mais ils ne font que jouer avec la plus pure des innocences.

Nous remontions les escaliers jusqu'à la place Bellevue. Nos parents pouvaient nous voir de la terrasse. Ils avaient pu nous voir sur la plage, Bérénice s'en fichait. Elle s'est toujours fichue de tout, ça ne lui a jamais porté préjudice. Invulnérable. Quoi qu'on pût lui dire, elle répondait immanquablement : « Quelle importance ! » C'était le fin mot de sa morale, peut-être de sa métaphysique.

Nous prenions une coupe de champagne au Royalty, devant un feu de bois. Les serveurs la connaissaient, la patronne aussi, on la traitait comme une reine. « Tu seras mon témoin. » J'ai accepté le rôle, à mon cœur défendant. Je n'ai jamais rien refusé à Bérénice. Je ne lui refuserai jamais rien ; c'est écrit. Elle le sait. J'aurais exterminé la population biarrote si elle me l'avait demandé. Enfant, à Bercy, elle vérifiait son pouvoir en exigeant que je canarde avec ma fronde les lampadaires du champ de foire. Ou que je défie un taureau avec son écharpe rouge, à la façon d'un matador. Elle me récompensait d'un baiser au coin des lèvres et s'éclipsait comme un elfe dans une légende celtique.

Au moment des adieux, je devais faire grise mine. Nous étions sur la place Bellevue, à la porte de l'immeuble où habitaient ses parents.

Elle m'a prêté ses lèvres, je l'ai serrée contre moi, mes mains s'égaraient — et ma cousine, en se dégageant, a eu cette phrase merveilleuse : « Pas maintenant. »

Les examens approchaient, le vert sombre des volcans se tapissait du jaune des fleurs de genêts. Sophie révisait, nous voguions moins souvent dans son lit conjugal. Moins loin aussi : nos récitatifs s'embourbaient dans la routine érotique. Sophie croyait la pimenter en adoptant des postures livresques. Elle se jouait un personnage de libertine, dont l'anachronisme frôlait le ridicule.

Nous l'atteignîmes un matin, après le cours sur la psychanalyse de l'art. Nous nous sommes rendus à pied dans notre bar habituel. Un homme attendait devant un guéridon, qu'elle me présenta : « Mon mari. » Elle se tourna vers moi : « Mon amant. » Nous nous sommes serré la louche, aussi gênés l'un que l'autre. Le malheureux avait beau être de gauche et se vouloir affranchi des préjugés ordinaires, il ne pouvait être ravi de connaître un type qui couchait avec sa femme, dans son lit de surcroît. Nous avons échangé des banalités en évitant de nous regarder dans les yeux. Il s'ennuyait à Aurillac. J'ai compati, sans connaître cette ville. Il était brun, aussi maigre qu'Hubert, avec un regard triste d'épagneul et des oreilles décollées. Il me faisait pitié. Sophie était contente d'avoir monté ce scénario grotesque. Elle meublait les trous de la conversation en se penchant alternativement sur l'épaule de son mari et sur la mienne. Je les ai quittés en me jurant de ne plus les revoir.

Au moment où je poussais la porte du bar, j'ai vu Aude, sur le trottoir, dans un imperméable beige. Devais-je m'en réjouir ? Je ne savais pas trop comment l'aborder. Elle a tourné la tête vers la table où se trouvaient Sophie et son mari. « C'est elle ? » J'ai dit oui, pour simplifier. « Tu l'aimes ? » J'ai dit non, pour en finir. « Viens. » Je l'ai suivie. Il pleuvait. Elle marchait au hasard, les mains dans les poches de son imperméable. « Je t'ai attendu devant la fac et je t'ai vu sortir avec elle. Si tu savais... » Je n'avais pas envie de savoir. J'étais heureux de l'avoir à mes côtés.

Elle était venue en voiture. J'ai suivi sa Fulvia au volant de ma deux-chevaux. Lorsque nous avons longé les pistes d'essai de Michelin, dans la plaine, après des banlieues que la pluie rendait encore plus sinistres, je me suis senti libéré. Je savais que je quittais Clermont pour toujours. De fait, je n'ai pas passé les examens et n'y suis jamais revenu.

Devant la brasserie de Saint-Pourçain, j'ai pensé à Tine. Que devenait-elle ? Je l'avais oubliée, mon esprit ne m'en consentait que des images peu distinctes, les mêmes à peu près qu'il m'en reste aujourd'hui, trente ans après. On oublie les êtres et leurs décors. On confond le bonheur et le malheur qu'ils nous ont donnés. Sophie aussi sortait de ma vie, par une autre porte. Je n'ai jamais su ce qu'elle était devenue. Elle a dû se calmer depuis le temps.

Moulins sous la pluie avait des airs de femme abandonnée, qui pleure doucement un bonheur révolu. Aude venait de changer de travail et d'appartement. Elle s'occupait d'une librairie, dans la rue d'Allier, spécialisée dans les ouvrages anciens, et habitait désormais sur le cours Jean-Jaurès, en face de la préfecture, juste à côté de chez Véronique. J'avais oublié Véronique aussi, l'épisode de la psychanalyse me revint en longeant le portail, il me semblait qu'il remontait au déluge. C'était effrayant de constater à quel point je dérivais loin de ma vie, poussé comme un fétu par des vents dont j'ignorais la provenance et qui me ramenaient à Moulins plutôt qu'ailleurs. Pourquoi cette fatalité ? Pourquoi Aude et pas une autre ? Pourquoi moi était-il toujours un autre — et jamais le même ?

Nous avons concubiné assez paisiblement jusqu'au mariage de Bérénice dont l'imminence affectait la vie ambiante d'un coefficient élevé d'irréalité. Aude avait laissé pousser ses cheveux et les nouait à la diable avec des épingles, pour ressembler aux actrices qu'on voyait dans les magazines. Elle voulait toujours ressembler à d'autres, mais à l'inverse de moi sa personnalité lui revenait en pleine figure au moindre élan du cœur.

Un couple qui recolle les morceaux, c'est touchant et pathétique. On évite les sujets douloureux, on rivalise d'attentions, sachant où le bât de l'autre blesse, et que l'autre le sait tout autant. On finit par ne plus rien se dire. Aude n'avait pas digéré Sophie. J'étais sûr qu'elle préméditait une vengeance. Avec qui ? La jalousie nous coalisait, à nos dépens respectifs. Nous savions qu'on n'efface jamais les ardoises ; on peut seulement faire semblant de ne plus les lire.

Dans notre cas, le printemps était un allié idéal. Nous avons retrouvé la clairière d'*avant*, sur la route de Souvigny, en voiture cette fois-ci, et Aude avait pris une couverture. Elle prenait également la pilule. Notre quête avait des ressemblances avec celle des débuts, c'était bien du même Graal qu'il s'agissait, mais il y manquait la panique, l'espérance et la candeur initiales.

L'aménité feutrée de nos relations conduisit Aude à envisager le mariage. Il y avait récidive.

Au point de vacuité où j'en étais, je m'y résignais. Vivre dans cette ville avec cette femme était peut-être mon lot.

Les parents d'Aude lui rappelèrent le scandale de ma désertion. On ne pouvait pas le leur reprocher. Que leur fille aînée convole, ils n'y voyaient rien à redire, mais avec un autre de préférence, les partis ne manquaient pas. Il y eut des téléphones raccrochés sèchement, des retours impromptus de Jaligny, des raccommodages cousus de mauvais fil avec la mère, des ambassades des sœurs. Mes parents n'étaient pas emballés non plus. Ma mère n'avait pas oublié le coup de fil de la mère de Tine. Mon père s'en tenait à son diagnostic : tu n'es pas mûr. Il avait raison, ça m'incitait à lui faire croire qu'il avait tort. Je n'aimais pas beaucoup la componction de mes parents à mon endroit. Ils me parlaient avec cette gentillesse sucrée qu'on croit devoir aux incurables. Mon père me donnait de l'argent, ma mère cuisinait mes plats préférés. Les regards qu'ils échangeaient à table signifiaient clairement qu'on ne gagne rien à contrarier un être atteint d'une telle maladie. Mettons qu'ils l'appelaient dépression plutôt que folie. Ils n'en étaient pas moins convaincus de mon inaptitude à toute vie sociale, donc conjugale.

Pour émancipée qu'elle se crût, Aude était aussi conventionnelle que ses parents. Elle voulait un vrai mariage, celui en somme auquel je m'étais dérobé. La mise en œuvre d'un tel projet impliquait que sa famille consente à renouer avec moi, et ça prendrait du temps. Nous ajournâmes, non sans un soulagement inavoué car ce mariage ne partait pas sur de bons rails. Du reste je ne parvenais pas à m'y intéresser, le conjoint potentiel était un quidam inconnu au bataillon fantoche de mes identités. Le seul mariage qui m'importait était celui de Bérénice. La date se rapprochait. Jusqu'à mon départ pour Biarritz, j'ai espéré un miracle : elle aurait changé d'avis ; le fiancé se serait tué en voiture.

Je suis parti seul au volant de ma deux-chevaux, en proie à cette variété d'écœurement qui met les nerfs à fleur de peau. Aude m'avait traîné dans les magasins pour m'acheter un costume, une chemise et une cravate. Elle ne pouvait pas comprendre pourquoi j'étais si morose. Le soleil égayait des campagnes où la vie n'avait pas l'air tellement compliquée. Pourquoi ne pas la quérir, voire la conquérir, à la pointe de l'épée ? Depuis que j'habitais à nouveau Moulins je lisais des historiens plutôt que des philosophes et je croyais comprendre à quoi je pouvais ressembler : un condottiere de la Renaissance. Nous sortions d'un Moyen Âge industriel, obscurantiste à sa manière, et décadent. Il fallait un printemps de l'esprit et j'étais mûr pour participer à son ensoleillement, au besoin les armes à la main : Malatesta aimait les épées autant que les manuscrits. J'avais téléphoné à Paul pour lui narrer la métamorphose dont je croyais déceler en moi les prémices. Il n'avait pas l'air très convaincu, je m'étais déjà affublé de tant de masques, en toute sincérité.

Biarritz en plein soleil avait des airs de veuve encline à s'offrir des petites joies. Je ne me suis pointé chez mon oncle qu'une heure avant la cérémonie pour n'avoir pas à frayer avec le marié. Je lui ai trouvé la tête de l'emploi. Bérénice était toute blanche, avec des roses piquées dans sa chevelure. Elle n'avait pas l'air radieuse, ça m'a réconforté. Le chapeau de ma tante, l'habit de mon oncle, le maire à la panse barrée de tricolore : on repassait un vieux film. J'ai signé le registre avec le sourire d'un gars qui en raconte une bien bonne. Puis nous allâmes à l'église qui surplombe le vieux port. Là, c'était moins drôle, il a fallu que j'embrasse Bérénice sur les deux joues, comme tous ces figurants. « Merci, petit cousin. » J'aurais dû la serrer contre moi, l'embrasser sur les lèvres, défoncer la gueule du mari et m'enfuir loin de Biarritz, de la France, de l'Europe. Ce que j'ai fait plus tard. Trop tard.

À table, on m'avait placé à côté d'une cousine du marié qui habitait Dax dans les Landes et était en fac à Bordeaux. Mince, équilibrée, un visage en porcelaine de Saxe. Très bourgeoise de province, version catho. J'avais bu des cocktails pour noyer mon chagrin. J'ai continué parce que le noyé bougeait encore. Elle s'appelait Claire, comme la femme de Paul. Elle m'écoutait sagement dénigrer le mariage, la société, la vie, le monde. Tout. Elle avait de l'âme à revendre, c'était le genre de fille dont le bovarysme en herbe ferait des détours avant d'aller s'allonger sur un lit.

Vers la fin de la soirée, Bérénice est venue s'asseoir à côté de moi. « Comment tu trouves Claire ? » J'ai haussé les épaules. « Ne sois pas triste, cousin, tu sais bien qu'on s'aimera toujours. » Son baiser d'adieu, sur les joues, m'eût achevé si elle n'avait prononcé cette phrase sibylline, non sans me griffer le cou, discrètement. Elle me laissait un espoir.

Après quoi elle a disparu, et le mari avec. « On s'aimera toujours. » J'ai failli dire à Claire que ma cousine avait été mon amante ; son cousin accommodait les restes. Bérénice était à moi, cette mascarade nuptiale n'y changeait rien. Le mari était déjà cocu, essentiellement, irrémédiablement. Et je me régalais fielleusement d'une autre phrase, énoncée par Bérénice lors de mon séjour précédent : « Ce ne sera jamais qu'un mari. »

Il faisait chaud, mon ivresse affublait les noceurs de têtes carnavalesques. Je suis sorti, j'ai marché jusqu'à la plage. Claire avait voulu m'accompagner. L'océan gémissait, comme s'il se plaignait de son sort. Le mien n'était pas enviable. Le vent m'a dégrisé. Claire m'a demandé ce que je comptais faire. Que pouvais-je lui répondre ? Hubert allait effectuer un stage de journaliste à Londres, j'envisageais vaguement de l'y rejoindre et de me balader dans l'Ouest. Ma jeunesse me faisait le pire des faux bonds, il fallait bien me raccrocher à ses branches et j'avais passé quelques beaux étés dans le Somerset, sous prétexte d'y apprendre l'anglais. « Tu veux m'accompagner ? » Elle a dit « D'accord ». Alors que nous approchions de la cavité où j'avais embrassé Bérénice sur les lèvres, sous l'Hôtel du Palais, j'ai embrassé Claire au même endroit, ça pouvait passer pour une reconquête. On se console comme on peut. Nous avons échangé nos numéros de téléphone et je suis rentré en titubant dans ma chambre d'hôtel. La lumière clignotante du phare m'a accompagné dans le sommeil, c'était encore un adieu de Bérénice.

Quinze nuits dans des Bed and Breakfast avec une fille qui ne veut pas coucher, c'est long. Claire en aimait un autre. C'était son droit, mais alors, pourquoi m'accompagner ? Le coup de l'amitié désincarnée, on le joue par tactique ; entre un homme et une femme, ça n'existe pas. Claire me plaisait, j'étais sûr de trouver le défaut sur la cuirasse de sa vertu. En l'occurrence elle avait pire que de la vertu : des principes. C'était son droit, mais alors, pourquoi ces shorts si courts, ces tee-shirts si moulants ? J'avais envie de la violer. Elle n'avait qu'une envie, visiter des monuments historiques. On se lasse vite des musées et les cathédrales se ressemblent toutes à la longue. J'ai failli plaquer Claire à Bristol, et rentrer seul avec ma deux-chevaux. Mais la solitude me faisait peur. D'ailleurs, où serais-je allé ? J'avais une fois de plus rompu avec Aude et je ne me voyais pas à Bercy avec mon père, encore moins à Cavalaire où ma mère allait prendre ses quartiers d'été. J'ai toujours détesté le commerce de mes parents quand ils n'étaient pas ensemble. Le couple d'un côté, moi de l'autre, c'était dans la nature des choses. Tandis qu'un huis clos avec l'un ou l'autre me hérissait, de crainte peut-être que mon for intérieur ne soit assailli. Ai-je raconté cela au psychanalyste de Phoenix ?

Nous avons visité Bath. C'était curieux de revoir cette ville où, l'été de mes seize ans, une

Vanessa faussement ingénue m'avait déniaisé, en pleine nuit et sans le moindre préalable, dans un bosquet d'où l'on voyait le demi-cercle de la Royal Crescent. Pour comble d'étrangeté, il se trouvait que Claire ressemblait à Vanessa, avec quelques années de plus. Et des principes, pour mon infortune. J'ai revu le monument, le bosquet, le petit pont sur l'Avon où nous allions manger des *ice-lollies.* Une amertume me surprenait, je n'avais que vingt-cinq ans et ma vie était lovée tout entière dans un passé plein de brouillards.

J'ai raccompagné Claire à Dax. C'est près de Biarritz, mais je savais que Bérénice était en voyage aux États-Unis. La compagnie de Claire était rien moins que folichonne. Au fil des jours j'avais appris à la connaître, elle poursuivait en roue libre des études de droit à Bordeaux et ne voyait sa vie qu'à Dax avec un mari, des enfants et de la parentèle autour. Le même plan qu'Aude, sur la même comète, à cette différence près que Claire passerait ses vacances à Contis-Plage et non au Lavandou. C'est toujours un bord de mer.

Nous sommes arrivés à Dax par des routes tirées au cordeau qui traversaient des forêts de pins. Il y en a beaucoup dans les Landes ; à l'époque on écorchait les troncs pour faire suinter de la résine dans un pot de terre.

Claire a tenu à me présenter ses parents. Ils

ressemblaient aux miens. Les parents avaient tous un air de parenté, ils roulaient en DS ou en Volvo, déploraient l'inflation, dénonçaient les effets de Mai 68 sur la moralité, posaient des questions saugrenues sur les diplômes et leurs débouchés. Ceux de Claire n'avaient pas l'air de prendre la vie à la légère.

J'allais les quitter lorsque Brigitte fit irruption. C'était la cadette de Claire. Un jeans bleu, un tee-shirt rayé ciel et blanc, des chaussures de tennis. Une longue chevelure blonde en toute liberté. Un visage qui souriait de partout. Je n'avais jamais vu une fille si belle. Si naturellement gaie. Si fraîche. Si tout. Il y avait de quoi devenir fou. Elle venait juste d'avoir son bac, c'était un papillon de l'été, le fruit doré d'un songe.

J'ai ajourné mon départ en invoquant la fatigue. D'une voix à l'unisson du reste, Brigitte nous a demandé ce que nous avions fait en Angleterre. Claire a raconté notre voyage, cathédrale par cathédrale. Tout amusait Brigitte. Tout, c'est-à-dire des riens, car ce voyage avait été totalement dépourvu de romanesque, à l'exception de l'escale à Bath dont je ne pouvais faire état. Pour lui plaire je mettais sa grande sœur en exergue, louant sa culture historique et la qualité de son anglais. Pour faire bonne mesure j'ai glissé que nous avions assisté à une messe, c'était la vérité et je me disais que ça me mettrait les parents dans la poche, j'avais affaire à des cathos très pratiquants.

Il fallait trouver un biais pour être avec Brigitte sans les parents, et sans Claire si possible. J'ai prétendu désirer visiter la ville, qui m'avait paru charmante. En France, les provinciaux ont souvent des complexes, on les amadoue en flattant leur patriotisme local. Par miracle la mère s'apprêtait à recevoir une amie, le père repartait à son bureau et Claire qui m'avait assez vu proposa que sa sœur me serve de guide.

Nous avons parcouru la ville, que j'ai trouvée insipide au possible. On y prend les eaux, c'est autant que je sache son seul titre de notoriété. Je me suis inutilement extasié sur les arènes, Brigitte s'en fichait, elle avait envie de m'emmener prendre un verre dans un bar. Je n'aurais pas osé le lui proposer. Chemin faisant je chantais, ça la faisait rire. « Je ne me doutais pas que tu étais aussi sympa. » Je chantais plus fort, j'imitais un rocker avec sa guitare, les gens se retournaient. Elle riait, riait, une jouvence me donnait des ailes, je ne me reconnaissais plus.

« Raconte-moi ta vie ! » lui demandai-je lorsque nous fûmes attablés devant des diabolos. Une petite vie de moineau : l'école, le lycée, les copines, les vacances à Contis-Plage, le bac ric-rac. Pas d'amoureux, j'en aurais juré. Elle allait apprendre la kinésithérapie, à Dax même, c'était l'idée de ses parents, elle ne la jugeait ni bonne ni mauvaise. Elle avait trouvé un emploi pour la fin de l'été, à Bordeaux, dans une banque. Elle logerait dans le studio de Claire. J'ai prétendu avoir un ami à Bordeaux, auquel j'avais promis une visite. Elle battait des mains. « On va se voir. » J'ai noté l'adresse et le numéro de téléphone du studio, nous sommes revenus chez ses parents, et j'ai quitté Dax avec l'intime conviction de n'avoir jamais été amoureux, *avant.* Sauf de Bérénice, quand elle avait en gros l'âge de Brigitte. Je n'avais pas osé lui conseiller de ne dire ni à ses parents ni à sa sœur que nous allions nous revoir.

J'ai repris la route dans un état d'apesanteur qui s'accommodait d'une floraison de chimères sur la Renaissance : le condottiere avait trouvé son égérie, ensemble nous allions traverser la vie comme un éclair zèbre le ciel.

Les prés autour de Bercy étaient semés de boutons-d'or et de pâquerettes. Les roses et les mauves des rhododendrons du parc composaient une symphonie joyeuse avec le rouge vif des pivoines, le blanc crémeux des fleurs du magnolia réputé bicentenaire qui trône devant le pigeonnier. Je lisais des livres sur Florence en rêvant de Dax. Mes parents auraient préféré que je prépare mes examens pour la session de septembre, mais ils n'osaient rien me dire. Je savais qu'ils se demandaient ce que j'allais devenir, je les plaignais presque d'avoir pour fils unique un clampin aussi aberrant. Nous n'avions jamais pu communiquer, un fossé s'était creusé, rien ne pouvait le combler. Je n'avais pas à les juger, ils étaient dans la moyenne de la bourgeoisie moyenne à laquelle ils se trouvaient appartenir. On hérite d'un milieu en même temps que d'un lieu. Mon père aimait les vaches ; tout son temps de loisir était occupé dans des fermes — on disait des « domaines » — où il allait contempler son cheptel. Tout son argent y passait, il avait cette passion. Le médecin, le vétérinaire, la veuve du notaire, le père de Paul, le maire de Bercy qui était garagiste, tous les notables achetaient des hectares et quand mes parents recevaient les uns ou les autres, on ne parlait à table que du cours des broutards à la foire de Saint-Christophe-en-Brionnais. Ou des charges salariales, jugées exorbitantes.

Je n'avais pas d'aversion pour les bovins ; sur le plan de l'esthétique, le blanc des charolaises s'accorde bien avec le vert des prairies, le marron des toits. Enfant, il m'arrivait d'accompagner mon père dans ses « domaines » et les croupes à l'alignement dans les étables éveillaient en moi — comment dire ? — un avant-goût de sensualité. Mais je n'ai pas le sens de la propriété, encore moins celui du local ; la vie des gens à Bercy m'indifférait, j'ai toujours pressenti que la mienne serait ailleurs. Sans jamais savoir où, ni de quoi la remplir.

Ma mère était une épouse. Bonne ou mauvaise, je n'ai pas d'avis sur la question. Elle sauvait les apparences. Si elle a essayé de prendre son bonheur, ce fut dans les marges, mais lesquelles ? Elle a essayé d'être une mère aussi. Avec moi ça ne pouvait pas coller, je n'étais pas de l'écorce dont on fait un fils de famille. Surtout unique. Peut-être se disait-elle que mon frère aîné, s'il avait survécu, aurait mieux tenu le rôle, elle paraissait songeuse à ses heures. J'aurais dû au moins leur faire comprendre que je n'étais pas leur ennemi, juste un étranger que le hasard avait semé dans le ventre d'une femme de Bercy, Allier, et qu'une fatalité condamnait à l'exil. Les mots se dérobaient, je ne savais pas leur parler, une gêne s'installait, je montais dans ma chambre et je regardais passer les voitures sur la route de l'Est.

Avec le recul, j'ai de l'affection pour ces parents, ce village, cette campagne *raisonnables.* Je n'y suis pas revenu souvent. La dernière fois remonte à des années, c'était pour les obsèques de mon père. Ma mère était morte l'année précédente, il ne lui avait survécu que quelques mois. Deux enterrements à si peu d'intervalle, ça ressemblait à une liquidation, je me sentais flotter dans cette maison qui déjà était trop grande pour nous trois. Quatre avec le cocker. Heureusement Bérénice était là. Elle m'a extorqué la promesse de ne jamais la vendre, et comme je ne sais rien lui refuser…

Au bout de quelques jours l'ambiance était si lourde que je suis parti à Florence, avec en tête mes histoires de condottieri, et en poche de quoi tenir une semaine. Mon père n'était pas prodigue ; tous mes souvenirs de cette période s'inscrivent dans un contexte d'impécuniosité, avec des phases de rémission quand Aude m'hébergeait.

J'ai erré dans Florence en me demandant par quel biais envisager une autre Renaissance et quelle place y tenir. J'avais emmené des livres, je les parcourais aux terrasses des cafés. Oui, je serais un homme complet, érudit, guerrier, esthète. Aux murs des églises, les vierges de Giotto m'autorisaient des parallèles avec Brigitte. Je dormais dans la deux-chevaux, tout habillé, sur une colline derrière Fiesole. Des projets de réforme intellectuelle et morale caracolaient dans mon esprit. Il faisait chaud, mes idées transpiraient vite, il me tardait de revoir Brigitte à Bordeaux.

Bologne m'a séduit, Sienne m'a ébahi, Venise m'a ébloui. Et après ? Rien. Je n'étais en somme qu'un touriste de base, à peine frotté de culture, amoureux de clichés qui se reflétaient dans le songe d'une Brigitte idéalisée, une madone si l'on veut, alibi improvisé de fabulations dont la substance ne tenait pas la route. J'étais remonté par la vallée de Sion, pour faire escale à Vevey. Mon copain avait quitté la Suisse et le Léman était trop sage au regard de mes exaltations, j'ai fini par me poser à Bercy, où m'attendait une convocation des autorités militaires. J'étais affecté à la base aérienne 118 de Mont-de-Marsan, dans les Landes. Comment ne pas y voir un signe du destin ? Les Landes étaient le pays de Brigitte, presque celui de Bérénice.

Je n'avais pas une envie folle de revêtir un uniforme de bidasse. J'aurais pu essayer de me faire réformer, comme Paul, comme Hubert, comme tous les fils de famille de Bercy, de Moulins et de Sciences-Po. À quoi bon ? J'étais las de traîner des études en longueur, las surtout de trimbaler sans destination le gros boulet de ma solitude. Mes ambitions ne portaient à aucune conséquence, j'étais trop lucide pour y croire vraiment. D'ailleurs, elles changeaient de cap au gré d'un livre, d'un paysage, presque d'une image. Je n'étais pas un philosophe, encore moins un condottiere. Je n'étais plus un étudiant, je ne voulais pas devenir un adulte. Mon père, dans son infinie naïveté, croyait que le service militaire me mûrirait. J'étais sûr du contraire.

Mon père m'a convoyé à la gare de Moulins, en tâchant de me prodiguer des conseils sans qu'il y paraisse, il avait peur que je ne les prenne en mauvaise part. J'aurais aimé lui témoigner pour le moins de la sympathie, mais les rares mots qui m'échappaient n'étaient pas les bons. Les mots, ça triche avec le cœur, avec le désir, avec le sens. Avec tout. Du moins pour ma pauvre gouverne.

J'ai dû penser à Aude, brièvement. Il fallait changer de train à Saint-Germain-des-Fossés pour prendre celui de Bordeaux. J'ai dû penser à Tine aussi car le train passait juste derrière la maison grise. J'avais téléphoné à Brigitte, elle avait l'air contente de me revoir. Sa silhouette en bleu ciel et en blond se superposait aux paysages, derrière la vitre du compartiment. Juste une silhouette, le dessin du visage manquait de netteté, je pouvais craindre que mon ravissement de Dax ne s'échoue sur le motif.

Elle m'attendait dans une brasserie miteuse, en face de la gare, devant un diabolo-grenadine. Elle était trop printanière pour le décor et pour la saison, j'avais peur de l'abîmer, j'écoutais son babil cristallin avec une joie mêlée d'angoisse. J'aurais voulu être aussi innocent, aussi débutant qu'elle. Elle m'a proposé de dormir dans son studio. « Le lit est grand. » J'aurais dû refuser. En ce temps-là on n'était légalement majeur qu'à vingt et un ans, ce point de droit me tarabustait autant que me désarmait son abandon sans équivoque. Je ne savais pas ce qu'elle en escomptait, je doutais qu'elle le sût, son désir était innommable. Le mien aussi, je planais dans l'émerveillement, c'était nouveau et ça ne ressemblait à rien.

Nous avons parcouru à pied une avenue triste aux maisons basses, main dans la main. Je chantais, elle riait, nous avions l'air de deux amoureux de Peynet. Elle me parlait de ses parents, de sa sœur Claire, de ses copains de guichet à la banque où elle travaillait, de Dax où elle retournerait dans quelques semaines. Je lui ai dit qu'elle était très belle. « Moins que Claire. » L'évocation de sa sœur m'agaçait. J'aurais préféré qu'elle n'eût aucune attache : les liens familiaux ou amicaux d'une femme que l'on aime, c'est autant de moins pour soi. Mais Brigitte était-elle une femme ? Rien n'avait l'air de lui peser, sa gaieté était en quelque sorte animale. De temps en temps sa tête se penchait sur mon épaule. « Je suis contente. » De quoi ? De qui ? De moi ? Elle me connaissait à peine. Je me suis demandé s'il entrait de la rouerie dans sa candeur. Aucune, je l'ai senti lorsque nous fûmes sur son lit, tout habillés. Elle a remonté son réveil, s'est blottie dans mes bras et s'est endormie.

Une nuit blanche avec cette splendeur blonde qui se tournait, se retournait, accrochait ses bras à mon cou, posait une jambe sur les miennes, c'était une longue torture. Le réveil a fini par sonner, elle m'a embrassé à la commissure des lèvres. Ce pouvait être une inadvertance ou un prolégomène. J'étais exténué, j'entendais le bruit de la douche, le ruissellement de l'eau sur son corps me nouait la gorge, j'avais envie de pleurer, de hurler, de prier, de m'enfuir avant d'avoir commis l'irréparable.

Au long d'une semaine de grandes chaleurs l'irréparable aura été mon obsession, chaque nuit. Brigitte avait dix-huit ans et en faisait seize. Une chanson de Chuck Berry datant de mes débuts avec Aude, à Moulins, s'intitulait *Sweet Little Sixteen* ; et précisément, ce rocker avait eu des ennuis avec la justice, parce que ses petites amies étaient trop jeunes. L'interdit n'était pas sans attraits, mais la probable virginité de Brigitte m'inspirait de l'appréhension, je doutais qu'elle fût munie de la pilule et n'aurais pour rien au monde osé lui poser la question.

Pendant la journée je traînais dans Bordeaux, lisais des livres, écrivais des poèmes sur des guéridons, aux terrasses des cafés. Les élégances de cette ville m'intimidaient, je l'avais imaginée plus sudiste. Étais-je heureux ? J'attendais le soir. Nous nous retrouvions dans une gargote proche du studio, sur une place dont la population était arabe majoritairement. Brigitte avalait goulûment des gâteaux au miel. Il y avait une église gothique, et une sorte de campanile en forme de flèche. Les quais n'étaient pas loin, nous allions marcher jusqu'au fleuve en passant sous une porte d'octroi médiévale, puis regagnions notre lit.

Les monologues de Brigitte n'allaient pas sans une certaine monotonie, je l'écoutais distraitement, les histoires qu'elle me serinait avaient trait à des acteurs ou des chanteurs que je connaissais à peine de nom. Des princesses aussi, elle se repaissait de ces magazines où le gotha s'exhibe en robes de bal. Ce côté midinette sur les bords ne me déplaisait pas. Sa moue éplorée en voyant mon ours en peluche était aussi irrésistible que celle de Bérénice. « Il a l'air si triste. » Elle l'avait assis sur une chaise, il nous regardait. Elle riait en se glissant sous la couette, vêtue d'une chemise de nuit blanche, à la fois offerte et inaccessible. Si j'avais soupçonné l'ombre d'une perversité, j'aurais relevé cette chemise qui lui descendait jusqu'aux chevilles. L'hypothèse ne pouvait pas être retenue, elle voulait juste se blottir dans un nid de tendresse, en toute confiance, en toute inconscience.

Bien évidemment sa chasteté foncière perdait un peu pied au fil des nuits, sans qu'elle s'en aperçût. Nous tanguions entre deux eaux bouillonnantes, à l'extrême bord d'un précipice ; nos corps jouaient avec le feu. Mais si Dieu existe, et s'il juge comme on le croit communément, il portera à mon crédit de n'avoir pas abusé de la situation. À moins qu'il ne me reproche de n'avoir pas ouvert les ailes de Brigitte, elles étaient si légères et un oiseau qui ne vole pas, c'est triste si on y réfléchit. Il n'y avait pas une once de cynisme dans l'amoralité que d'aucuns — Aude, mes parents, etc. — croyaient devoir inscrire à mon débit. Sinon j'aurais « conclu », pour user d'un terme imbécile en usage parmi la gente masculine. Comme si le paroxysme était une conclusion.

Le matin de mon départ pour Mont-de-Marsan, Brigitte m'a accompagné à la gare, je l'ai serrée dans mes bras, très fort. Elle a dit : « Je t'aime beaucoup. » À cet instant j'étais tellement amoureux d'elle que j'aurais déserté pour ne pas la quitter si elle m'en avait prié. Elle pleurait sur le quai. « On se reverra quand ? » Je ne savais pas quoi lui répondre. Elle a promis de m'écrire. Le train s'est ébranlé, sa main s'est agitée, j'étais dans un état d'hébétude totale.

Bérénice m'avait appelé à Bercy pour savoir ce que je devenais. Ma cousine aimait beaucoup le téléphone. Je ne devenais rien du tout mais, lui avais-je confié, j'étais plus ou moins amoureux de la sœur de Claire. J'avais cru la voir sourire à l'autre bout du fil. « Méfie-toi, elle est mineure. » Puis, après un temps de réflexion : « Bof, quelle importance ! Du moment qu'elle prend la pilule. Je ne te vois pas biberonner. » Puisque j'étais affecté à Mont-de-Marsan, il fallait qu'une certaine Sylvie s'occupe de moi, c'était sa meilleure copine à la fac et, affirmait ma cousine, elle était très jolie. « Sa mère est riche, elle va te bichonner. Je les appelle. »

De sorte que ladite Sylvie m'attendait à la gare de Mont-de-Marsan avec un fiancé qui s'appelait Oscar. Ils avaient fini leurs études de droit, ils voulaient monter une boîte de publicité. Sylvie était une blonde frisée, trop bronzée, trop maquillée, très bourgeoise de province dans la version « libérée ». Sa tenue, son langage, ses références me rappelaient Aude, à l'accent près.

Celui des Landais est sudiste, sans excès. Tous mes souvenirs de cette année-là, qui fut la dernière en France, ont cet accent comme bande sonore.

La gare de Mont-de-Marsan se trouve en surplomb de la ville, je voyais trembler des lumières entre une rangée de platanes, je me demandais ce que je faisais là. Le couple m'a embarqué dans une Thunderbird décapotable pour aller dîner chez la mère de Sylvie, dans une villa cernée de pins, à l'écart d'une route qui mène à Villeneuve-de-Marsan. Ma mémoire me ressert ce nom de lieu, je me demande pourquoi. Marianne était blonde, comme sa fille, mais plus veloutée de partout. Son visage m'a rappelé celui d'Hélène, les yeux surtout. Elle devait avoir à peu près le même âge. Elle parlait avec lenteur, son accent me berçait. Divorcée depuis longtemps, d'après ce que je croyais comprendre. Le prosaïsme de son métier, un portefeuille d'assurances, n'avait pas éteint une petite flamme de romantisme qui vacillait par intermittence dans le regard.

Après le dîner, ils m'ont emmené dans une discothèque en pleine campagne, une ancienne bergerie adossée à une autre forêt de pins. Il y en a partout dans les Landes. Oscar et Sylvie ont dansé des rocks. Pendant ce temps, j'ai causé avec Marianne. Qu'allais-je faire après mon service militaire ? Je l'ignorais. Ça l'a attendrie. J'ai compris qu'elle avait envie de s'attendrir. Elle a commandé des gin-fizz et imposé le tutoiement. Comme Hélène. Elle voulait connaître mes goûts et mes couleurs. Ils étaient variables. Les philosophes m'avaient déçu, je ne comptais plus que sur les poètes et les mystiques. Les deux faisaient la paire. Elle acquiesçait, me confiait qu'elle avait perdu un fils et qu'elle ne s'en remettait pas. Elle a ajouté que ce fils me ressemblait. Pas besoin d'être psychanalyste pour envisager le transfert du mort sur le vivant.

Les lumières s'éteignirent, une série de slows débuta. Marianne m'invita à danser. Je dansais comme une paire de tenailles mais la chorégraphie du slow est accessible à toute libido ; c'est un prélude à l'amour, ou rien d'autre qu'un piétinement ridicule, si les corps n'en veulent pas. Devais-je me comporter en fils respectueux ? L'inceste n'était pas loin. Je n'ai pas eu le loisir de tergiverser ; aux premières mesures ses lèvres effleurèrent les miennes, hanches et poitrine s'abandonnèrent avec une lascivité spontanée. Elle avait noué ses bras autour de mon cou, nous mimions l'amour avec une conviction telle que mes mains commençaient à se dévergonder. « Sois patient. » Facile à dire. D'autant qu'elle avouait ses propres impatiences en se collant à moi ; cette plage de slows était une séance de torture à peine raffinée, et je venais de passer plusieurs nuits dans la plus cruelle des abstinences.

Nous avons regagné notre table avant que les lumières ne se rallument. Marianne régla l'addition, déposa sa fille et Oscar devant l'immeuble où ils vivaient. Ils avaient compris. Moi aussi, et je n'étais pas rassuré. Cette femme avait des heures de vol. Saurait-elle me faire décoller avec autant de doigté qu'Hélène ? Et où allions-nous atterrir ?

À peine la porte de sa villa repoussée, nous avons chu sur la moquette beige pâle. J'étais tellement ému que j'ai déchiré tout ce qui s'interposait entre sa peau et la mienne. La jupe, notamment, qui émit un crissement d'agonie. Si rompue qu'elle fût à ces sortes de bras-le-corps, Marianne se révéla candide dans les attendus de ses émotions. Sonorement candide : elle miaulait, couinait, jappait, c'était un joli concerto d'automne, j'aurais voulu qu'il n'eût pas de fin. Mais, par définition, ces moments de grâce ne durent pas ; le disque tourne à vide, on entend grésiller le saphir, la musique continue d'entêter un certain temps et puis elle va se perdre ou se cacher dans les abysses de la mémoire.

Je me souviens de m'être endormi dans le lit de Marianne, lové comme un serpent. Au moment où le réveil sonna, j'étais dans les bras de Brigitte, parachevant enfin ce que nous avions ébauché, et la scène avait pour support une moquette beige pâle. Une fois de plus mon désir se mélangeait les pinceaux. Marianne m'a servi une tasse de café, m'a appelé « chéri ». Le mot a beau être usé, il ouvre toujours une fenêtre, la première fois qu'il vient aux lèvres. Une photo encadrée de son fils trônait sur la table de nuit. Ma tête à douze ans. Elle m'a accompagné en coupé Mercedes devant le portail de la base. « Reviens vite. » Le coupé était noir et d'un modèle luxueux si j'en jugeais par le sifflement admiratif du planton de service.

Avant de faire ses classes on devait passer une visite médicale à l'infirmerie de la base. Physiquement, tout allait bien, mon problème était ailleurs. J'ai signalé une hépatite B, contractée à Paris, oubliée depuis. Avais-je des séquelles ? J'ai dit oui en espérant sans trop y croire qu'on me réformerait. Le peu que j'avais aperçu de la base n'était pas engageant, je commençais à regretter de m'être mis dans ce piège au lieu de fuir aux antipodes puisque aussi bien la ligne de fuite semblait être ma destinée. Il y avait aussi l'espoir de retrouver Marianne plus vite que prévu : les antipodes que je convoitais ne m'assignaient pas une destination précise, sa villa dans les pins était aussi un bout du monde.

On m'a expédié en camion à Bordeaux pour subir des examens dans un hôpital militaire qui s'appelait Robert-Picqué. Bordeaux, c'était Brigitte. Dans ce camion qui m'en rapprochait, environné de bidasses qui beuglaient des chansons obscènes, je me projetais le film de mes amours en herbe. Les gestes, les sons, les formes de Marianne s'interposaient, je prenais sur le corps inachevé de l'une des licences que l'autre avait tolérées, la veille.

On m'assigna une chambre. Un rouquin baraqué faisait la planche sur le lit voisin. Il me dévisagea avant d'engager la conversation. J'étais un appelé, ça l'a rassuré ; un étudiant, donc un bourgeois, ça lui plaisait moins. Il a fini par me demander si je désirais faire la belle. Naturellement. Deux heures plus tard, nous sortions de l'enceinte hospitalière en escaladant un mur, au fond d'un parc. C'était facile, il avait juste fallu graisser la patte du veilleur de nuit et nous devions être rentrés avant sept heures du matin.

Je suis allé attendre Brigitte devant la banque où elle travaillait. Son sourire en me voyant était plus que radieux. Nous sommes restés longtemps enlacés, en pleine rue, les passants nous bousculaient, le monde s'abolissait ; ce que j'éprouvais était inédit, ou me semblait tel, un sentiment où l'espérance avait sa part — la vraie, l'espérance d'une vie qui ne ressemblerait pas à celle des autres, encore moins à la mienne.

Nous n'avions qu'une nuit devant nous, son

travail prenait fin le lendemain, ses parents viendraient la chercher, elle repartirait à Dax pour y débuter ses études de kinésithérapie. Entre espérance et désolation, il y a du cousinage. Il faisait encore nuit quand nous nous retrouvâmes au bord du précipice de l'avant-veille, exténués d'un désir qui, je le sentais, glaçait Brigitte de peur. Qu'elle fût capable de la surmonter, je le sentais aussi ; mais ça aurait valu engagement ferme de ma part et dans un recoin de ma conscience un doute subsistait, je ne me voyais pas clairement embarquer cette adorable gamine sur les rails déjà disjoints d'une vie problématique. En outre l'*idée* qu'elle reste vierge me plaisait, je la voyais en madone, en Ophélie, vestale blonde d'un éternel féminin qui peut-être demeure le fin mot d'une quête inassouvie. Le psychanalyste de Phoenix avait marqué une vive curiosité pour ce fantasme, je lui avais parlé de Brigitte, il établissait un lien avec la pureté paradoxale qui me paraissait être l'attribut majeur de Bérénice.

Nous n'avons pas fait l'amour, c'est un fait. Nous nous sommes aimés comme deux funambules dansant sur un même fil. Mais, tandis qu'une aube pâle pointait entre les persiennes, Brigitte a ôté sa chemise de nuit blanche afin que je contemple sa nudité. Bras écartés, yeux ouverts et fixant le plafond. L'instant s'est éternisé, le réveil a sonné ; en tirant le drap pour couvrir le corps hâlé de Brigitte — avec du blanc aux endroits qu'un maillot de bain deux pièces avait soustraits au soleil — j'eus l'impression terrifiante d'ensevelir un cadavre. Des larmes inondaient ses yeux. Mon égarement était extrême. Je lui ai dit que l'avenir nous appartenait. J'ai failli ajouter « Je t'aime ». Je n'ai pas osé. Je suis sorti du studio pendant qu'elle se douchait, j'ai dévalé les escaliers et couru au hasard, comme si j'avais une légion de diables à mes trousses.

Les militaires sont des fonctionnaires, donc assujettis à une bureaucratie qui met des bâtons réglementaires dans la moindre roue. Il fallut une bonne semaine aux services de cet hôpital pour découvrir que j'étais un conscrit valide selon leurs critères. Je me levais tard, je bavardais avec le rouquin. Il était garçon boucher à Nérac et envisageait de se mettre à son compte, ayant compris après Marx que le salariat est la forme moderne de l'esclavage. Et toi ? Moi, rien. À mon compte, je ne l'étais que trop, j'aurais plutôt voulu déposer mon bilan. Je ne pouvais pas lui dire que j'étais poète, il n'aurait pas compris et d'ailleurs la condition de poète n'est pas un métier. Je ne pouvais lui raconter non plus mes amours avec Brigitte, il passait ses nuits sur les quais, dans des bars à entraîneuses.

Il trouvait drôle que je lise ou écrive toute la journée pendant qu'il écoutait son transistor. Je lisais tous les poètes, depuis Virgile jusqu'à Aragon. Rien au-delà ; je n'étais pas moderne, je voulais entendre l'écho des sentiments qui me compliquaient l'existence. Mes vers irréguliers empruntaient leur musique à Apollinaire, leur thématique à Supervielle. La pampa…

Nous faisions la queue pour les examens et attendions la visite du médecin, l'après-midi. « Vous vous sentez comment ? » Mal, répondais-je pour ne pas risquer d'être renvoyé illico sur la base. Le rouquin en rajoutait, il voulait être réformé. Pas moi. Je stagnais dans une attente sans objet. La nuit tombait, nous escaladions le mur. Oscar se dirigeait vers les quais, je marchais en obéissant à un faux hasard qui me rapprochait inéluctablement de la place où était le studio de Brigitte. Je voyais notre fenêtre, je revoyais mon idole blonde dans la splendeur de sa nudité, ce tableau de chair devenait l'icône d'une sainte, et je me jurais de tuer de mes mains celui qui oserait y poser le doigt. Fort de cette résolution, j'échouais sur les quais, aux environs du pont de pierre. Des senteurs d'arachide flottaient dans l'air tiède. Je buvais des bières en écoutant distraitement le baratin des entraîneuses. Je n'avais pas les moyens de m'offrir une « conclusion ». Ni vraiment le goût. Je regagnais l'hôpital dans un état de semi-ivresse qui rendait l'escalade du mur plus difficile et je retrouvais Brigitte dans mes rêves.

Enfin on me déclara apte au service et un camion militaire me ramena à Mont-de-Marsan, avec le rouquin qui n'avait pu se faire réformer.

On m'attribua un paquetage et on me déguisa en soldat : uniforme bleu marine, calot assorti. On me coupa les cheveux et je me retrouvai dans un peloton spécial pour y faire mes classes. Comme j'étais retardataire, ce peloton ne comprenait que des repris de justice, cueillis par l'armée à leur sortie de prison. Nous étions douze dans la chambrée. Je détonnais un peu avec mes poètes, mon ours en peluche et mon casier judiciaire vierge. Les gars avaient tous un transistor, un cran d'arrêt et des tatouages aux biceps. Je leur ai raconté mes escapades nocturnes à l'hôpital de Bordeaux pour leur faire comprendre que je n'étais pas du genre à balancer. Le rouquin accrédita mes dires. Du coup, je fus admis à l'élaboration d'une stratégie commune. Tout étant interdit, tout était désirable. Tel fut chargé de repérer les possibilités de faire la belle, tel autre d'un système de corruption pour améliorer notre ordinaire. Leur science était acquise à la meilleure école, je ne pouvais pas rivaliser techniquement. J'ai offert mon lot de cigarettes au chef de chambrée, moyennant qu'il couvre mon sommeil matinal. Je n'aimais pas me lever tôt et je ne voyais pas l'intérêt d'apprendre à marcher au pas. À l'appel du clairon, les copains se levaient, s'habillaient, pliaient leur lit au carré et se rendaient à la gamelle. Le chef de chambrée m'enfermait à clef et j'avais la matinée pour moi. Je me rendormais avec mon ours dans les bras et dans la tête une Marianne fraîche comme une Brigitte.

Jusqu'au matin où un capitaine procéda à une inspection. Quand la clef tourna dans la serrure, je crus qu'il s'agissait du chef de chambrée. « Qu'est-ce que vous foutez là ? » J'ai ânonné d'une voix pâteuse que je ne me sentais pas bien. Il m'a répondu d'une voix militaire que j'allais me sentir mieux, et vite, en effectuant chaque matin, pendant une semaine, dix tours de stade avec mon paquetage sur le dos.

Pour couvrir le chef de chambrée, j'avais prétendu m'être caché sous le lit, ça m'a valu une réputation de mec correct. J'effaçais le triple discrédit qui pesait forcément un peu sur le diplômé, le poète et le fils de pharmacien.

Le sous-officier commis à ma surveillance était plus jeune que moi, et complexé face à un sursitaire. Il n'y avait vraiment pas de quoi. En outre, il venait d'un patelin de l'Allier proche de Moulins ; la géographie conspira à un escamotage de ma punition. D'abord, il m'aidait à plier mon lit, exercice qui sans lui eût été infaisable. Ensuite, il m'accompagnait au stade et nous parlions du pays. Il connaissait bien Moulins ; en l'écoutant évoquer le Grand Jus ou le stade au bord de la rivière, j'avais l'impression d'une plongée dans le temps, en eaux très profondes, j'y cherchais les traits du visage d'Aude, ils n'étaient plus discernables. Trop loin. Trop flou.

Mes faits d'armes se sont bornés à une marche de nuit dans un brouillard favorable aux croche-pattes et à deux séances de tir à la mitraillette. C'était plutôt divertissant. Le soir, j'écoutais les gars me décrire leurs braquages, dont ils parlaient comme un comptable de ses bilans. Braquer était donc un métier plutôt qu'un destin. Ces professionnels rêvaient de voitures de sport, de costards à la mode, de villas avec piscine à Saint-Tropez, ils n'étaient pas différents des minets bourbonnais, ou d'Oscar, et ça me contrariait car dans mes moments noirs je m'étais vu parfois un colt à la main, des flics à mes trousses, variante polar de mes lubies condottieresques.

Vers la fin des classes, nous pûmes faire le mur, à condition d'attendre que la nuit soit tombée. La base s'étirait sur des kilomètres, elle allait se perdre dans un océan de pins et nous avions repéré une défaillance dans le grillage qui l'encerclait. Il suffisait dès lors de soudoyer les types qui faisaient la ronde avec des chiens à muselière. La première fois, j'étais en uniforme. Il fallait contourner la base avant de trouver un bar, ça m'avait pris au moins une heure et je risquais de tomber sur un gradé. J'ai appelé Marianne de ce bar tenu par un international de rugby. Dans les Landes, le rugby comptait presque autant que l'embouche à Bercy. La ville se glorifiait d'une légende redevable aux frères Boniface. Le plus jeune était mort dans un accident de voiture, l'aîné venait de raccrocher. Marianne le trouvait très beau ; pour cette raison je n'aimais pas trop entendre parler de lui.

Elle m'a envoyé Sylvie et Oscar. Ils ont ricané en me voyant coiffé au bol et déguisé en soldat. Marianne s'est contentée de sourire maternellement, je devais ressembler davantage à son fils dont le crâne sur la photo était presque tondu. Elle a pris mes mesures et le lendemain elle a acheté de quoi me vêtir de pied en cap.

Dès lors, mes jours se sont consumés dans l'attente du soir. Marianne était mon havre. Brigitte, mon ange gardien. Un soleil rouge s'enfuyait derrière les pins. Je m'insinuais sous le grillage. Oscar ou Sylvie me récupéraient. Je me changeais dans leur voiture. Je ne les aimais pas beaucoup, je les trouvais creux, prétentieux et bêtement arrivistes. Nouveaux riches en puissance, avec les mêmes vues basses sur le bonheur que les amis d'Aude ou mes copains de chambrée.

J'avais hâte de retrouver Marianne. Elle nous emmenait dîner dans des restaurants huppés, dont un en pleine ville, le Richelieu, où tout le monde la connaissait. Elle me présentait comme un ami de Sylvie ; ça me mettait d'autant plus mal à l'aise que personne ne la croyait, l'imputation de gigolo se lisait dans les regards, je me demandais si j'étais le premier du genre.

Sylvie me hérissait, elle se voulait « moderne », c'était la version de droite de Sophie, la philosophe de Clermont ; si elle n'avait été la fille de Marianne, je l'aurais envoyée paître. Je détestais sa complicité avec sa mère. Une mère ne saurait être la copine de sa fille, fût-elle l'amante d'un petit soldat qui ressemble à son fils. Leur copinage laissait supposer des confidences ; tôt ou tard, les amants en font les frais. Marianne sentait naître une aversion entre sa fille et moi ; je sentais sa gêne, ça créait une drôle d'ambiance, chacun se retenait pour ne rien dire de trop blessant. Oscar n'avait pas l'air de comprendre, je crois qu'il était franchement idiot.

Sylvie et Oscar nous quittaient pour aller retrouver des amis en boîte. Nous rentrions chez Marianne. Je m'y sentais chez moi. La photo encadrée de son fils protégeait notre intimité. Lui, je l'acceptais. Même, il devenait un reflet de moi, ou inversement; parfois je me croyais ressuscité d'une jeunesse qui avait été la sienne. Je demandais à Marianne de me parler de lui, j'étais ce gosse ombreux, têtu et solitaire qui rêvait d'être un grand rugbyman, comme un frère Boniface, je m'incorporais son désarroi lors du divorce de ses parents, ma vie s'achevait sous un camion, dans cet accident qui s'était produit sur la route de Dax.

Marianne éteignait les lampes, me prenait par la main comme font les mères avec leurs enfants. La fenêtre de sa chambre donnait sur une pinède, une senteur de résine m'enivrait. Elle caressait ce qui me restait de cheveux, ôtait sans hâte mes vêtements. Son amour était résigné : « Tu me quitteras bientôt », prophétisait-elle avec une lucidité dont j'étais incapable. Je ne voulais pas la quitter, j'étais aux anges quand elle succombait; rien ne me paraissait plus urgent, plus précieux, plus suave que de l'entendre bruire à l'injonction de mes mains. Son corps présentait une certaine ressemblance avec celui de Bérénice. Même silhouette légèrement évasée, mêmes lèvres charnues. Le genre de femme qui suscite la comparaison avec un fruit bien mûr, une pêche, un abricot, une poire. Parfois je croyais atteindre en Marianne cet idéal féminin qui, jusqu'alors, m'avait égaré en pure perte. D'autres fois j'en doutais, surtout lorsque nous étions avec Sylvie ; elle devenait plus neutre, moins encline en tout cas à sortir de ses gonds bourgeois et montois. Il y avait deux Marianne et je n'étais pas sûr que la bonne soit la vraie.

« Reviens très vite. Aude. » Un gars du service postal m'avait apporté le télégramme. Aude était complètement sortie de mes pensées, sans doute aussi de mes rêves. Il n'y avait que trois femmes dans ma vie : Marianne à titre principal, pour ne pas dire conjugal, Brigitte et Bérénice dans le fouillis de mon grenier intime.

« Très vite », c'était, au choix, un appel au secours ou un chantage. Ou les deux. Il fallait que j'aille à Moulins. Cette exigence m'a paru si impérieuse que j'ai sollicité un entretien personnel avec le capitaine, celui-là même qui m'avait sorti inopinément du lit. Il m'a demandé ce que je voulais sur un ton peu amical. Je lui ai montré le télégramme en lui expliquant que ma fiancée était capable du pire et que je ne voulais pas avoir son suicide sur la conscience. Soit il m'accordait une permission exceptionnelle, soit je la prendrais sans son aval, je déserterais, quitterais la France et deviendrais braqueur ou barbeau comme mes copains de chambrée. Comprenez-moi, mon capitaine.

Je ne sais pas ce qu'il a compris, mais je suis ressorti de son bureau avec la permission dûment signée, confondu de gratitude. La chambrée n'en revenait pas. Moi non plus. S'il y avait place pour de la compassion dans le cœur d'un capitaine aussi rogue, l'humanité pouvait être sauvée.

J'ai pris un tacot à la gare de Mont-de-Marsan, un train à peine moins lent à celle de Bordeaux, d'où j'ai téléphoné à Marianne pour lui dire que ma mère était malade et que j'allais la voir dans notre village. Elle m'a sûrement cru, je mentais avec naturel ; c'était plutôt l'expression de mes sincérités qui laissaient à désirer, je n'ai jamais su, je ne saurai jamais traduire ce que je crois éprouver. « À bientôt, chéri. » J'aimais ses « chéri » qui me prenaient sous son aile.

Des gares défilaient sous la pluie. Il pleut toujours dans les trains qui vous éloignent d'une félicité. Je somnolais. Une femme composite, idéale ou fatale, se profilait à mon insu, le corps de Marianne, le visage d'Hélène, le sourire de Brigitte, la voix acidulée d'Aude et la scène se passait à Biarritz, du côté du rocher de la Vierge. Je conduisais une mobylette bleue, Bérénice chantait dans mon dos une chanson d'Elvis.

Moulins, deux minutes d'arrêt. La pluie tombait obstinément, l'avenue de la gare n'en finissait pas. La ville était endormie, les cours jonchés de feuilles mortes.

Aucune lumière aux fenêtres de l'appartement. J'ai sonné. Un bruit de pas. « Qui est-ce ? » Moi, ai-je répondu d'une voix qui se voulait naturelle. Aude a ouvert sa porte, je suis rentré dans sa vie. Elle a mis les verrous, s'est retournée ; je n'avais plus d'autre issue que de la prendre dans mes bras. J'ai reconnu le goût de ses lèvres, celui de son parfum. Et ses gestes bien sûr, on n'en change plus quand on se connaît depuis si longtemps. Du moins on improvise sur la même ligne mélodique. La couleur de sa moquette était exactement la même que celle de Marianne, beige clair, mon corps ne savait plus avec quelle complice il s'évadait. Ni de quelle prison.

Au réveil nous découvrîmes que nous étions un vieux couple. Aude s'attendrissait à ce constat ; j'y lisais plutôt le symptôme fâcheux d'un envasement. Elle prétendit n'avoir folâtré avec personne durant mon absence. Devais-je la croire ? Que ma jalousie se réveillât aussi vite n'était pas du meilleur augure. Pour me convaincre elle affirma qu'elle ne prenait plus la pilule. Peut-être venions-nous d'ébaucher un enfant. L'hypothèse me terrorisa, je la savais très capable d'un coup aussi fourré.

Et toi ? J'avais préparé mes batteries de défense. J'ai avoué le vérifiable : une balade en Angleterre avec une Claire catho qui en aimait un autre. Non, je n'avais pas couché avec. Oui, je le jurais sur la tête de mon ours. Alors, pourquoi ce mutisme ? Pour rien. J'avais voulu boire ma solitude jusqu'à la lie. La sienne lui avait mâché le teint et cerné les yeux, elle fumait encore plus qu'avant et je me suis demandé si elle ne s'était pas mise à boire.

Nous sommes allés à Bercy. Aude aurait voulu que nous en profitions pour saluer ses parents, mais je n'y tenais pas. J'ai préféré prendre une route bocagère qui évite Jaligny, en escaladant la petite montagne de Saint-Léon. Émotion légère de retour d'exil lorsque nous parvînmes en vue du cimetière. La pluie tombait sur les croix, on voyait à peine le clocher et les toits dans la brume ; la modestie de mon village tirait de l'oubli l'attirail de mon bucolisme. J'avais le sentiment de revenir de très loin, comme Ulysse, et pour une escale qui serait la dernière. Ce fut presque le cas.

Mes parents me croyaient en permission normale. Je ne les ai pas détrompés. Ma mère aurait voulu me voir en uniforme, je l'ai privée de ce plaisir. Me savoir dans le giron d'Aude les rassurait, elle était une amarre et, croyaient-ils, j'en avais bien besoin. Ce diagnostic n'était pas infondé. Nous avons dîné tous les quatre. Ils ont parlé des gens du pays. Un chevillard de Marcilly s'était noyé dans un étang. Une pharmacienne de Chevagnes avait fait la malle avec son assistant. Le père d'Aude avait ses chances aux cantonales, contre un rouge. Ou un rose, ils mettaient la gauche dans le même sac, des radicaux aux maoïstes, l'imagerie du maître d'école bouffeur de curés et du métayer bolchevique résumait leur conscience politique. À les entendre, une escouade de l'Armée rouge risquait de se pointer sur la route de Digoin, comme les Allemands en l'an 40.

Étais-je un fol, un monstre ? Ce couple qui m'avait couvé me semblait appartenir à une espèce autre que la mienne. Le temps avait tranché les quelques fils qui nous permettaient, sinon de communiquer, du moins de nous retrouver sur le terrain neutre des banalités. Le même gouffre me séparait d'Aude, elle était de leur bord, à des réserves près qui tenaient à son caractère et à notre génération ; mais je ne lui voyais pas un autre avenir que celui de ma mère, ou de la sienne, et sur ce plan je me suis à peine trompé. À la limite, j'étais plus en connivence avec les soupirs du cocker noir, je croyais comprendre sa lassitude, je partageais son regret d'un monde auquel l'existence nous avait soustraits, lui et moi.

Le lendemain je suis reparti, ayant scellé au préalable avec Aude l'un de ces pactes de diplomates qui escamotent les vrais problèmes : je consentais à renouer, elle renonçait au mariage. Je n'étais pas fâché d'avoir ces pénates à Moulins, pas mécontent non plus de n'y être cantonné qu'épisodiquement. À petite dose, Aude gardait une saveur de terroir, je la commettais au gardiennage de mes souvenirs de jeunesse. En s'éloignant, le train faisait renaître une tendresse pour cette petite ville ocre et cette grande personne blonde, inséparable du pressentiment que bientôt je les quitterais à tout jamais.

J'ai pris le train de Paris pour passer une soirée avec Paul et Hubert, qui avait trouvé un emploi de pigiste dans un journal. Nevers. Cosne. Briare. Gare de Lyon. Paul m'attendait au comptoir de L'Européen dont les flippers n'avaient plus de secrets pour nous. Il m'a demandé où j'en étais avec Aude. Les confidences ne sont pas mon fort, ou mon faible, mais avec Paul je pouvais me laisser aller. J'ai essayé de lui expliquer : Aude, Marianne, Brigitte. Contractée sur trois prénoms, l'histoire pouvait paraître simple.

Nous avons retrouvé Hubert dans un restaurant derrière la Bastille. Nous ne nous étions pas revus depuis la fin de l'hiver précédent, à Clermont. Je l'ai trouvé vieilli. Comme mes parents. Comme Paul. Mes deux amis ne se connaissaient pas, mais les gens de gauche avaient des mots de passe. Au bout de dix minutes Paul et Hubert épiloguaient sur les variétés d'un militantisme dont ils s'étaient éloignés. Paul avait de l'avance, il virait carrément au socialisme. Hubert trouvait le raccourci un peu raide, sans nier le fait que les prolétaires ne voulaient plus la révolution. Je les écoutais comme j'avais écouté mes parents, la veille, à Bercy ; je n'étais pas sur ces longueurs d'onde. Le monde allait à sa perte pour avoir manqué de rédemption à tous les carrefours de l'Histoire. Capitalisme et communisme étaient des tares conjoncturelles, le mal remontait aux âges préhistoriques. Avant, j'aurais tenté de le leur démontrer, mes thèses m'importaient, je les soutenais avec une véhémence de prédicateur. Surtout après quelques bières. Je n'avais plus ce désir. Personne ne pouvait me comprendre. Un mur étanche me séparait de mes contemporains, fussent-ils mes deux seuls amis, je le constatais sans cesse avec plus d'amertume que mon orgueil ne pouvait en avouer.

Ils m'ont accompagné à la gare d'Austerlitz, sur l'autre rive de la Seine. Je nous revois titubant sur le pont. Dernier verre dans une brasserie du boulevard de l'Hôpital. Dernier flipper. Je n'ai jamais revu Hubert. Il m'est arrivé de lire son nom au bas d'un article, dans un magazine, peut-être *L'Express.* Ou *Le Nouvel Observateur.* À quoi bon le relancer ? Il a épousé son temps, nous n'aurions plus rien à nous dire. Paul, je l'ai revu quelquefois à Paris, quelquefois à Bercy. Il est monté en grade, son crâne s'est dégarni, il a divorcé. Je ne connais pas sa nouvelle épouse. Bérénice a entendu dire qu'elle enseignait l'économie. Ou le droit. Ils ont un enfant en bas âge. Paul en avait déjà trois avec Claire, ça doit lui coûter cher en pension alimentaire.

Il m'avait prêté de quoi me payer une couchette. Le train s'arrêta à Bordeaux avant l'aube. Réveillé en sursaut, je me levai en hâte, pris ma valise et m'installai au buffet pour attendre l'omnibus qui me ramènerait à Mont-de-Marsan. En essayant d'ouvrir la valise pour y prendre un livre, je découvris que ce n'était pas la mienne. Un voyageur dormait sur la couchette voisine, j'avais pris la sienne par étourderie. Rien de grave, me suis-je dit, mon nom et mon adresse figuraient sur ma valise et une étiquette était accrochée à celle qui se trouvait à mes pieds. Un nom à particule, une rue de Madrid. Ma valise cheminait vers l'Espagne.

Marianne que j'avais appelée de la gare de Bordeaux m'attendait à celle de Mont-de-Marsan. Il y avait dans son sourire un parti pris d'indulgence et de fatalisme, comme si elle se doutait que mes sentiments ne pouvaient pas être limpides. Nous nous sommes embrassés devant une cohorte de bidasses qui attendaient un train. J'étais flatté de m'afficher avec une femme aussi élégante, tout en redoutant un peu que la différence d'âge ne suscite des ricanements. En même temps j'avais honte de cette appréhension, c'était en soi une petite trahison.

J'étais heureux de retrouver la villa, la photo de son fils — et le concerto à une voix, la sienne, lorsque enfin nos corps s'enlacèrent sur le lit défait. Heureux de m'endormir sur son épaule et de me réveiller sur son ventre moelleux. J'étais ce fils perdu, elle l'avait retrouvé, tant mieux pour elle, tant mieux pour moi.

Toute la journée, Marianne a tangué entre

joie et détresse. «Je vais te perdre, soupirait-elle. Tu sais mon âge ?» Je n'avais pas envie de le savoir. Ni de la perdre. Un «Je t'aime» m'a échappé, peut-être parce que j'avais peu dormi. Aussi parce que le verbe aimer, faute d'un autre, traduisait l'envie que j'avais de me blottir dans ses bras, dans sa vie, et d'oublier ce monde pluvieux qui nous encerclait.

Ce jour-là nous n'avons pas quitté la villa, elle avait dû se faire remplacer à son bureau. Épuisés d'une tendresse qui s'épanchait à tout instant, à tout escient, nous écoutions la plainte du vent dans la pinède, main dans la main, silencieux et immobiles comme si trop d'amour nous avait pétrifiés. Elle m'appelait «chéri», elle répétait ce mot avec une ferveur pathétique en me serrant dans ses bras, très fort. Puis s'écartait, plongeait son regard dans le mien et j'y lisais une tristesse indicible. La photo de son fils conférait à nos enlacements une dimension tragique, comme si le bonheur avait partie liée avec un désastre.

La nuit est tombée, nous avons traversé la ville et Marianne m'a déposé devant la base. Dernier baiser. «Ne m'oublie pas.» Je ne voulais pas l'oublier. Je ne voulais plus la quitter. Si elle m'avait demandé de l'épouser, j'aurais éprouvé la joie d'un gosse des Landes à qui sa mère promet de lui offrir un ballon de rugby tout neuf.

Les classes étaient terminées, les soldats avaient tous une affectation. Pas moi. J'arrivais trop tard pour occuper un des emplois réservés aux sursitaires et les autres étaient pourvus. En outre mon uniforme était à Madrid, dans ma valise, je ne pouvais même pas prendre place dans un appel au drapeau. J'ai erré d'un bureau l'autre. Personne ne se souciait de moi, mon patronyme n'apparaissait sur aucune liste, j'étais un personnage de Pirandello, un moi surnuméraire. Mon seul souci était de trouver un lit pour dormir.

Le hasard me secourut à la cantine, sous les dehors d'un voisin de gamelle court et trapu dont le visage taillé à la serpe signalait une bonne nature. « Tu es dans quel service ? » Aucun. Je lui ai raconté mes tribulations, depuis l'hôpital de Bordeaux jusqu'à la valise en passant par le peloton avec les repris de justice et la permission exceptionnelle pour aller voir une fiancée qui se morfondait sans moi à Moulins, Allier. Il a éclaté de rire, ôté son calot et s'est gratté le crâne en disant « Diable ! ». C'était son tic pour réfléchir. Il y avait de l'astuce dans sa prunelle, de l'affabilité aussi ; un instinct m'a poussé à m'en remettre à lui.

« Viens. On va régler ça. » Je l'ai suivi. Il m'a expliqué, en marchant à grands pas, qu'on l'avait commis à l'« animation culturelle ». L'appellation était en vogue ; ce qu'elle recouvrait exactement, il l'ignorait autant que moi.

Il s'appelait Gilbert, sortait d'un grand séminaire à Nantes et serait ordonné prêtre l'année suivante. Ses parents tenaient une épicerie dans une bourgade de Vendée. Je n'avais jamais rencontré le moindre séminariste et le seul prêtre que je connaissais était celui de Bercy, un très vieil homme qui m'avait baptisé et qu'il était question de remplacer parce qu'il perdait la boule. Je n'allais plus à la messe depuis belle lurette. Il m'arrivait de pousser la porte d'une église et d'attendre un miracle en fixant la lampe rouge du saint sacrement. Quel miracle ? Peut-être un retour en grâce, une inversion du temps qui m'aurait restitué l'extase de mon enfance, lorsque je sortais du confessionnal de bois, à droite, près de l'entrée de l'église. Ou lorsque le prêtre entonnait un *Tantum ergo* de sa voix caverneuse. Le miracle n'advenait pas. Je n'avais pas perdu la foi pour autant, tout en ayant lieu de douter que ma religiosité satisfasse aux normes de l'Église catholique, apostolique et romaine.

Nous sommes arrivés devant un bâtiment de béton désert, Gilbert a sorti une clef de sa poche. Nous étions dans les locaux de l'« animation culturelle » : trois pièces de part et d'autre d'un couloir. L'une de ces pièces était la chambre de

Gilbert. « Tu es chez toi. » Restait à trouver un second lit. La nuit était noire. Nous avons pu nous introduire dans un dortoir vide, et transbahuter un lit sans être vus.

Gilbert a ri comme un enfant en me voyant sortir d'un sac mon ours que Marianne avait hébergé depuis mon arrivée à Mont-de-Marsan. Nous étions seuls dans ce bâtiment, les autres pièces étaient dévolues à l'« animation », il y avait un vieux piano noir édenté dans l'une, un labo photo dans l'autre. Nous avons parlé longtemps dans la nuit. Ses parents ne roulaient pas sur l'or, il avait un nombre faramineux de frères et de sœurs, dont une religieuse. La vocation lui était venue par une pente naturelle, il n'avait jamais imaginé un autre destin. Servir Dieu lui paraissait aussi naturel que de respirer. Et toi ? Moi, c'était plus tortueux. J'ai résumé, j'ai éludé, ça donnait à peu près l'histoire d'un aveugle qui marcherait la nuit dans un tunnel sans fin.

Il m'a laissé dormir jusqu'à midi, où il est repassé pour me dire que je disposais d'un bureau au service de l'« animation culturelle ». Je n'en demandais pas tant. Le chef de ce service était un appelé qui avait fait les E.O.R., le sous-chef un adjudant ventru et débonnaire ; mais Gilbert faisait la loi. Personne ne me demanda si mon appartenance à ce service était attestée. Personne ne m'a demandé quoi que ce soit, sur cette base, jusqu'au jour où je l'ai quittée.

Gilbert me voua d'emblée une sollicitude maternelle. D'une certaine façon il suppléait Marianne que je ne pouvais plus voir, sauf le week-end, parce que le grillage avait été réparé. J'étais un poète, ça l'impressionnait. Il tenait la cause poétique en haute estime. Ce préjugé était un sésame précieux, je n'avais qu'à l'entretenir. Gilbert, qui accéda rapidement au grade de sergent, devint le lieutenant zélé de mes désirs. Le matin il partait au bureau sans me réveiller. Je dormais tard. Il me ramenait des croissants du mess des sous-officiers et me préparait du café. Il m'observait sous son calot. Mon ours lui inspirait une vive affection. « Qu'est-ce que tu vas faire ? » Toujours la même chose. Lire. Écrire. Rêver mon avenir, le colorer, l'enluminer. Déchirer ce que je venais d'écrire. Recommencer sur une page blanche.

Parfois je passais au bureau vêtu du survêtement que Gilbert m'avait prêté et que j'ai porté sur la base, jusqu'à la fin. On me saluait gentiment. Je ne voulais déranger personne. Les gars étaient occupés, plus ou moins, mon oisiveté pouvait les offusquer. J'écrivais des billets doux à Marianne, de longues lettres à Bérénice. Marianne ne me répondait pas, je me demandais pourquoi. Bérénice n'aimait pas écrire, elle m'envoyait des cartes postales : « Petit cousin chéri, je ne t'oublie pas. » Ou bien « Méfie-toi des femmes ». Et toujours « Sois heureux » en guise de post-scriptum. Heureux de quoi ?

La nuit tombait brusquement. J'allais marcher sur la base. Je dépassais les bâtiments, je suivais des sentiers, j'étais environné de pins et tout au bout, de l'autre côté du grillage, il y avait encore des pins, à l'infini, qui semblaient colporter la plainte d'un vent venu de loin, peut-être de l'océan, peut-être de Bercy. Ou d'ailleurs. Nul sentiment de réclusion. Plutôt l'impression presque voluptueuse de n'être qu'un fantôme en transit, une âme si l'on veut.

Un jour où la pluie s'acharnait, j'ai appelé Marianne au téléphone pour lui dire que j'avais envie de finir mes jours avec elle. S'il le fallait, je travaillerais, n'importe quel boulot. Elle m'a interrompu en sanglotant : c'était fini, elle ne pourrait plus me voir. « Je n'ai pas le droit de me couper de ma fille. » Cette conne de Sylvie ne pouvait pas m'encadrer, elle avait dû exercer un chantage. J'ai failli dire à Marianne qu'elle n'avait pas le droit de renier son fils pour complaire à sa fille. À quoi bon ? Avant de raccrocher elle a ajouté « Merci », comme Hélène à Vichy, dans la chambre de cet hôtel qui n'existe plus.

J'étais désemparé. Le mot est faible. La défection de Marianne dépoétisait cette base, cette ville, ces ciels ténébreux, ces pins noirâtres. Je me demandais pourquoi j'étais ici. Sans Gilbert je me serais enfui, à Dax ou à Moulins, il me restait ces deux bouées de sauvetage. J'excluais Biarritz. Ou plutôt j'en ajournais l'accostage, misant un espoir raisonnable sur un futur divorce de Bérénice. Mes lettres l'y incitaient sournoisement, je me doutais qu'elle s'ennuyait avec son mari, je lui écrivais que nous étions de la même race, elle et moi, celle des grands fauves épris de liberté.

Je me suis confié à Gilbert ; après tout, son métier le conduirait à confesser des fidèles, il fallait un début à tout. J'ai pris un fil chronologique, je l'ai déroulé : Bérénice, Aude, Hélène, Tine, Sophie, Brigitte, Marianne. Sept femmes selon l'arithmétique, ça faisait beaucoup pour un fantôme solitaire. En m'écoutant, il a soulevé plusieurs fois son calot pour se gratter le crâne. Il avait compris que j'étais le contraire d'un libertin. « Tu cherches la Vierge, tu tombes sur Marie Madeleine. Tu finiras par trouver le Christ. » Il y avait sûrement du vrai dans ce raccourci. Au fond du fond, ma quête relevait du pur mysticisme. Sept femmes de chair pour un même idéal de féminité éthérée. Pourquoi ne pas en tirer les conséquences ?

L'idée de me faire moine a dû éclore ce soir-là, dans notre chambre, mêlée à des images d'une douleur assez lancinante. Je nous revoyais,

Marianne et moi, sur son grand lit, avec la photo de son fils qui nous toisait gentiment. Ses « chéri », sa main baguée sur la mienne. C'était si loin et si friable ; j'aurais voulu au moins que ces lambeaux d'extase s'accrochassent à une branche, dans le jardin en friche de ma mémoire. Rien n'était moins sûr. J'aurais voulu ne rien perdre et tout s'effilochait. Si Dieu était capable de garder ces émois au frigo et de me les restituer en temps utile, alors oui, je lui confierais les clefs de ma vie. Pour l'usage que j'en avais fait...

Contre ses habitudes, Bérénice se fendit d'une longue lettre qui se voulait drôle. Elle m'apprenait que Brigitte s'était confiée naïvement à sa sœur. Claire ayant mouchardé à ses parents, Brigitte faisait désormais l'objet d'un flicage permanent. Elle était soi-disant dans la repentance. Claire trouvait mon comportement scandaleux, elle l'avait dit à Bérénice au téléphone. « Je t'ai défendu et je lui ai raccroché au nez. Pauvre cousin, tu n'as pas de chance avec les femmes. » Nulle n'était mieux placée pour le savoir.

Après Mont-de-Marsan, voilà qu'il fallait rayer Dax de ma carte du Tendre. Décidément j'étais maudit. L'idée n'était pas neuve : depuis toujours je mettais l'auréole d'une malédiction sur ma solitude. Gilbert la récusait. « Tu es appelé ! » affirmait-il en ajustant son calot sur sa grosse tête rustique. J'avais du mal à m'en convaincre. Mais comme je ne voyais plus, à l'horizon, que les toits bruns de Moulins, autant dire la fin de toute illusion, de toute rédemption dans la sépulture d'une conjugalité, j'ai fini par y croire. Gilbert m'a prêté des livres de théologie. Je les ai butinés comme précédemment les philosophes, ou les psychanalystes. J'ai oublié de quels saints ou sages il s'agissait mais je me revois marcher sur le sentier au bout de la base, adonné à une tentative de méditation en poussant du pied des kyrielles de pommes de pin.

La théologie de Gilbert était assez accommodante pour ne pas s'offusquer de mes poèmes, où j'assaisonnais Dieu à des sauces charnelles. Pas érotiques, mais enfin il y avait des bras, des jambes, des hanches, je n'imaginais pas de paradis sans ces orbes. Ces poèmes, il les tapait au bureau sur une machine à écrire et me conseillait de les envoyer à des revues. Une pudeur me l'interdisait, c'était trop intime, ça ne regardait que Dieu, moi, et Gilbert, en qualité d'entremetteur.

Il prenait soin de moi, m'accompagnait quand nous sortions le soir dans les rues de Mont-de-Marsan. Il fallait biaiser avec des restes de chagrin qui me poignardaient si nous nous hasardions sur la route de Villeneuve-de-Marsan. Nous évitions les abords de la mairie où se trouvait le bureau de Marianne, au bord d'une petite rivière. Je serrais les dents chaque fois que je voyais un coupé qui ressemblait au sien devant le Richelieu. Je n'aimais pas trop non plus lire le mot Dax sur un panneau, Marianne et Brigitte composaient en mon for un seul regret de chair, un regret lancinant d'innocence et de maternage. Les deux faisaient je ne sais quelle paire salvatrice.

Pour tromper ma déshérence je partais à Moulins à la fin de chaque semaine, contre l'avis de Gilbert. Aude désormais était ma seule domiciliation amoureuse. Elle avait encore changé de travail, elle s'occupait d'une galerie de peinture sise derrière l'hôtel de ville, tout près du cours Anatole-France. À Moulins tout était près, on tombait à chaque pas sur une connaissance, on rebondissait sur un souvenir. L'appartement où j'avais psychanalysé Véronique. L'Hôtel de Paris où j'avais pratiqué avec Sophie une thérapie plus saine. En tout cas plus franche. L'*idée* de Sophie me traversait l'esprit, sans l'affecter en rien ; j'avais oublié les traits de son visage et la distribution des volumes de son corps.

Celui d'Aude et le mien se connaissaient trop

bien pour qu'il y ait risque de fausse note. Cependant il y avait fausse donne, je trichais malgré moi, c'était en Marianne que je me perdais, ses yeux tapissaient mon ciel de lit, dans le noir. Après, Aude mettait un de nos disques fétiches sur son électrophone, la nostalgie concassait nos petits morceaux de passé commun, l'âge d'or nous disait adieu dans un chuintement de guitares électriques.

Mêmes adieux à Bercy, songe creux d'une éternité qui semblait couler de source. Le clocher, les toits marron, les vaches blanches : rien ne bougeait. Mes parents et leur cocker tournaient en rond dans le même petit manège, c'était rassurant, exaspérant, désespérant. C'était la vie quotidienne dans un patelin de l'Occident au début des années soixante-dix et ça me faisait peur.

Aude avait toujours en tête son rêve d'épousailles. Elle ne le dégainait pas explicitement, mais la menace planait en permanence. Elle commentait les noces de ses amis, en affectant de les trouver par trop convenues. Deux témoins devant un curé et un maire étaient amplement suffisants. Sous-entendu : si tu m'épouses, je t'épargnerai la marche de Mendelssohn, le riz, les chapeaux, l'habit, les cousins, la ripaille, la première valse. Je me voyais encore plus mal qu'avant à Moulins, flanqué d'une épouse et de sa suite inévitable : enfants, situation, crédits, dîners le samedi soir avec la relève du gratin local ou cantonal. Sans oublier les week-ends en famille, à Jaligny ou à Bercy, le ski en hiver, la plage en été. Plus j'imaginais les scènes obligées de cette pitrerie, plus la vie monastique me paraissait désirable. Aude savait que je renâclais. Elle misait sur le temps et sur ce qui pouvait s'interpréter comme une dépendance toxicomaniaque. Le fait était que sur la base endormie, Moulins s'auréolait d'une magie balzacienne, l'*idée* de s'y engluer avait son charme.

Une lettre de mon père m'enjoignit de rapporter la valise que j'avais prise par erreur à la gare de Bordeaux. Elle appartenait à un diplomate et recelait des documents hautement confidentiels. Il avait renvoyé depuis longtemps ma propre valise et m'avait écrit à plusieurs reprises de Madrid pour réclamer la sienne. Un procureur de Moulins, que mon père connaissait par des biais rotariens ou autres, faisait tout un plat de cette affaire qui me paraissait mineure. Pour un peu il m'eût reproché d'attenter à la sécurité de mon pays.

Ma valise s'était perdue quelque part entre l'Espagne et les Landes. À vrai dire je m'en fichais, elle ne contenait que mes effets militaires. Mais j'avais décidé de ne pas renvoyer celle du diplomate avant de l'avoir recouvrée. L'affaire prenait de telles proportions qu'il fallut renoncer à cet absurde préalable. Le procureur suggéra à mon père de récupérer la valise, il se chargerait lui-même de la remettre à qui de droit. Affolé, mon père m'appela sur la base et me supplia d'apporter l'objet lors de ma prochaine permission. Les gendarmes de Bercy étaient déjà alertés, ma mère en perdait le sommeil.

Je me suis incliné de guerre lasse et j'ai pris un train à Mont-de-Marsan avec cette valise en quelque sorte diplomatique. Je l'ai juchée dans le filet à bagages et l'y ai oubliée en gare de Bordeaux où je devais changer de train. On ne l'a jamais retrouvée. On n'a jamais retrouvé la mienne non plus. Ce double mystère m'a valu des désagréments. Les gendarmes de Bercy me connaissaient trop pour me croire capable d'espionnage, mais ils avaient ordre de se renseigner. Aude fut interrogée. La gendarmerie de la base me harcela. Mon cas présentait une opacité suspecte : je m'étais porté malade, j'avais demandé une permission exceptionnelle. On sut que j'avais fréquenté Marianne et on a dû l'interroger elle aussi. Cette valise, les gendarmes ne voulaient pas croire que je ne l'avais pas ouverte, fût-ce par curiosité. Ils me demandaient, sans aménité, ce que je pensais des nationalistes basques. Rien. La meilleure défense étant l'attaque, je me suis posé en victime : le diplomate me persécutait pour occulter le vol de ma valise. Du coup on m'a pris pour un cinglé et on m'a fichu la paix.

Des années plus tard, alors que je vivais au Gabon, j'ai découvert que la valise égarée me suivait toujours, sous la forme d'une note confidentielle des services. Le plus drôle est qu'à l'époque les circonstances m'avaient astreint à maquiller mon identité, car j'exerçais précisément des activités dans les services en question, à temps partiel.

Les trappistes de Sept-Fons, près de Dompierre-sur-Besbre, m'ont accueilli pour une retraite de trois jours. Je connaissais vaguement les lieux, ayant effectué un séjour du même ordre, l'année de ma communion solennelle. À force de parler de Dieu avec Gilbert, la nuit, dans notre piaule, l'idée de sacerdoce avait pris corps dans mon âme en forme d'éponge. J'avais relu un ou deux Évangiles : en gros, j'étais d'accord avec le Christ. Puis Gilbert m'avait prêté une histoire des ordres monastiques, et c'était la Trappe qui correspondait le mieux à mon désir de renoncement, de simplicité et d'élévation. Rancé était mon idole, comme Malatesta précédemment, ou les rockers américains dans un passé plus reculé. Je me sentais incapable de servir Dieu dans le siècle, j'étais trop mal barré pour caboter dedans sans risquer le naufrage sacerdotal. Mais je me voyais bien en pur contemplatif et, si j'ai oublié les détails de ma brève retraite, j'en garde le souvenir d'un laps de paix voluptueux. Un moine m'avait confessé. Après avoir vidé mon gros sac de bêtises, j'avais retrouvé, perdu depuis l'enfance, ce sentiment de béatitude séraphique lorsque le compteur est remis à zéro, cette communion avec les oiseaux dans le ciel, le vent dans les arbres, la moindre brindille. J'aimais la psalmodie du grégorien. J'aimais déambuler sous le cloître en tâchant de tirer mon âme de sa gangue d'ego et de la lâcher vers le ciel comme un cerf-volant. L'envol se faisait attendre mais l'espérance était là. J'aimais le gros moine commis à mon édification, ce qu'il me disait de Dieu paraissait raisonnable.

Le père supérieur daigna me recevoir. « Tu n'es pas mûr. » Supérieurs ou subalternes, les pères me disaient la même chose. Mais le mûrissement exigible pour devenir trappiste à plein temps ne me faisait pas peur. Je fus invité à prier pour affermir ma résolution, et nous convînmes d'une autre retraite, plus longue, juste après la fin de mon service militaire.

Aude m'avait déposé devant la porte du monastère. Je ne lui avais pas clairement avoué que je voulais me faire moine. À ses yeux j'allais me refaire une santé morale à la Trappe comme d'autres s'offrent une cure à Vichy, elle n'était pas portée sur les aventures spirituelles. Son approche de la religion était triviale, pour ne pas dire utilitaire : il en faut pour éviter l'anarchie. Sur ce plan elle tenait ferme les positions de son bord, englobant dans une même vindicte les paysans cocos, les pédagos socialos, les curés gauchos, les syndicats — tous apôtres ou zélateurs présumés de cette révolution à laquelle Paul et Hubert avaient cessé de croire. C'était son plus mauvais côté ; en ma présence elle affectait de s'en être affranchie, sachant qu'il fallait juste quelques verres pour réveiller en moi un apologiste du grand chambardement. Ses parents et ses amis du Café américain me prenaient pour un excité, plus rouge que les rouges. Or je n'étais d'aucune couleur et ne me sentais solidaire d'aucune faction. Surtout pas celle qui enrôlait Dieu ou la liberté dans le camp retranché des propriétaires terriens et des professions libérales.

Aude en avait pris son parti : l'homme de sa vie trahissait son milieu, c'était gênant mais elle s'en accommoderait. J'estimais pour ma part qu'elle valait mieux que son milieu ; les élans de son cœur — et de son corps — rachetaient la mesquinerie vieillotte de ses préjugés. Nous allions rompre mais elle garderait mon estime.

Je l'ai appelée d'une cabine pour lui demander de me récupérer, avec l'intention de lui annoncer mon changement de cap. Renoncer à Aude serait ma première épreuve. Ce romantisme de bazar m'exaltait d'un orgueil rien moins qu'évangélique ; déjà mon imagination bâtissait la scène du dernier adieu, elle cherchait des mots d'auteur à la hauteur de la circonstance. Il y aurait les larmes d'Aude sur mon chemin de croix, nous serions comme les héros d'un de ces romans où les amoureux se sacrifient pour se donner à Dieu. Ce serait déchirant comme le lamento d'une guitare sèche du début des années soixante, à la fin d'un rock. Puis je me laisserais ensevelir dans les volutes du grégorien, je sublimerais mes appétits d'orbes fruités ; j'en avais tellement marre de tourner autour de mon nombril, comme une mouche autour d'une lampe...

Aude ce jour-là portait une jupe très courte, un tee-shirt sans manches et elle avait dénoué ses cheveux. Dans la voiture, nous n'avons pas prononcé une parole. Devinait-elle ce que je croyais avoir décidé ? Elle croisait ses jambes, les décroisait, posait ses paumes sur sa nuque, bras écartés, poitrine en exergue. Le vert pâle de sa jupe allait de pair avec la gamme des verts sur les talus, les prés, les haies, les arbres. Symphonie pastorale en vert.

Nous nous sommes retrouvés dans son appartement, qui était aussi le mien, peu ou prou. Elle ne m'a pas laissé le temps de réagir ; ses lèvres ont assailli les miennes, ses mains ont débouclé mon ceinturon, j'ai troussé sa jupe verte, le linge s'est éparpillé sur la moquette beige clair et la messe fut dite dans un silence monacal.

La semaine suivante, Aude m'a appelé de la gare de Bordeaux. Elle venait me voir à Mont-de-Marsan, elle ne pouvait plus vivre loin de moi. D'habitude c'était moi qui prenais les trains. Je n'avais pas envie de la voir sur mes terres landaises, à cause de Marianne dont je n'étais pas encore guéri, et de Brigitte aussi qui participait obscurément de mon cinoche mystique. Si j'avais renoncé au renoncement monastique, des regrets de Trappe me lancinaient par moments, et la mélopée du grégorien avait le don de ressusciter la saveur de nos enlacements, Brigitte et moi, dans la petite chambre de Bordeaux. Je n'aimais pas entendre le mot Dax, il m'aurait plu que cette localité fût rayée des cartes. Brigitte survivait à son absence, avec un statut de recours, je ne me résignais pas à sa perte.

Il a duré longtemps, ce désir d'une relance amoureuse avec cette fleur sauvage de printemps. Lorsque je suis revenu pour la première fois en France, après un éloignement de cinq ans, j'ai demandé à Bérénice ce que Brigitte était devenue. Mariée à Bordeaux, par une mauvaise farce du destin. J'ai envisagé de la revoir. Elle attendait un enfant. Bérénice s'était rabibochée avec Claire, mariée également. Brigitte enceinte, ça défigurait mon iconolâtrie, c'était en vierge que je la vénérais. Elle a mis au monde quatre enfants, et elle habite Dax comme sa sœur. Le mari est dentiste. Curieusement je continue de prendre de ses nouvelles quand j'ai ma cousine au téléphone et, si déraisonnable que ce soit, je n'aimerais pas mourir sans l'avoir revue.

Je suis allé attendre Aude à la gare de Mont-de-Marsan. Marianne attendait sa fille Sylvie au même train. Je me suis caché, elles ne m'ont pas vu. Le printemps étalait des flaques de soleil, la ville en contrebas avait l'air de s'offrir au bonheur. Marianne portait une petite robe à fleurs qui se déboutonnait dans le dos. Mes doigts s'y revoyaient. Aude était en jeans et chemisier sans manches, ça lui allait bien aussi. Je me sentais plus que jamais en marge de moi-même et aux frontières de mes désirs.

Aude voulait savoir où je vivais. L'idée de l'introduire à l'intérieur de la base m'a paru séduisante. Je m'en suis ouvert aux deux plantons à qui j'avais rendu de menus services. « Déguise-la en soldat. » C'est la seule fois où j'ai déploré la perte de ma valise. Où trouver un uniforme ? Par chance, Gilbert était en permission et avait laissé ses frusques militaires dans notre chambre. Aude m'a attendu dans le bar du rugbyman, je suis allé chercher l'uniforme de Gilbert, je l'ai ramené dans un sac. Aude s'en est affublée dans les toilettes. Quand elle est ressortie, le patron et les clients se sont mis au garde-à-vous, c'était cocasse. Une mèche blonde dépassait du calot, Aude l'a escamotée en se regardant dans une glace, elle battait des mains, jamais je ne l'avais trouvée aussi désirable.

La nuit était tombée, nous avons passé le poste de police sans encombre. Nous ne risquions plus rien, la base était sombre, sauf autour des pistes d'envol. Dévêtir un faux sergent-chef sur le lit d'un séminariste avait quelque chose d'extravagant. Aude était ravie, nous transgressions un vrai tabou, comme à l'époque de la clairière sur la route de Souvigny; en même temps il me semblait posséder une autre qu'elle, le calot qu'elle avait gardé sur sa tête accréditait ce sentiment. Je trompais Gilbert en quelque façon et Aude violait mon intimité.

Nous avons marché jusqu'au bout de la base. Auparavant j'avais montré à Aude comment il convenait de saluer un gradé, au cas improbable où nous en aurions croisé un. Elle s'étonnait qu'il y ait tant de pins. Moi, j'en avais pris l'habitude. Là-bas en face des barbelés, deux petits soldats s'enlaçaient suavement, l'un en uniforme, l'autre en survêtement. De loin on aurait pu nous prendre pour un couple homosexuel.

De retour dans la chambre, nous avons improvisé une dînette à base de rations de survie. Je recommençais à dénuder mon sergent-chef lorsqu'on frappa à notre porte. Aude se cacha sous la couverture. J'ouvris. Des bidasses ivres avaient vu de la lumière, ils voulaient trinquer. Je leur ai dit que le chef dormait en leur montrant la forme d'un corps sous la couverture. Nous avons trinqué silencieusement dans le couloir, ils sont repartis, je les ai vus s'éloigner en chantant et j'ai rejoint Aude qui se voyait déjà violée par tout le régiment.

Elle est ressortie de la base le lendemain sans plus d'embarras. Lorsqu'elle réapparut des toilettes du bar, habillée en femme, je fus presque déçu, ce n'était qu'Aude en fin de compte, Aude de Jaligny, Allier. Je l'ai raccompagnée à la gare avec la hantise d'y revoir Marianne. Nous avons attendu son train au buffet. Aude m'a demandé en mariage en vernissant ses ongles pour se donner une contenance. Elle venait de faire huit cents bornes pour me redonner son corps, une nuit, elle allait les refaire en sens inverse, il eût été cruel autant qu'inélégant de lui refuser ma main. Mon « pourquoi pas ? » pouvait s'entendre comme un consentement. Y compris à mes propres yeux. Allons, cette femme m'était adjugée. Elle me laisserait versifier mes blues, je la laisserais ragoter avec ses bourgeois de campagne. Elle était riche, je n'aurais pas à travailler.

Le train s'ébranlait lorsque je vis Marianne dans sa voiture. Elle démarrait, j'ai ébauché un geste qu'elle n'a pas dû voir. Ou pas voulu voir. Quitte à m'abriter dans la conjugalité, c'eût été avec elle que je m'y serais vu, Aude était trop jeune, j'avais besoin d'un maternage.

Gilbert a rigolé quand je lui ai raconté ma nuit dans son lit avec Aude dans son uniforme. Elle m'a valu quelque prestige sur la base, car la chose s'était sue, il y a des balances dans tous les régiments. La rumeur circula qu'une femme, espionne évidemment et de l'Est selon toute probabilité, avait rôdé toute une nuit autour des pistes. On se souvint de mes problèmes de valise ; le rapprochement s'imposait, les gendarmes m'interrogèrent à nouveau mais j'avais si peu la tête d'un agent secret qu'ils n'y croyaient pas vraiment. Ils ne croyaient pas non plus à l'intrusion d'une femme, ça paraissait trop farfelu.

Mon concubinage avec Gilbert reprit son cours. Nous parlions toujours de Dieu, en termes différents ; il doutait à présent que je fusse appelé. En tout cas, je n'étais pas mûr pour m'engager. Toujours cette imputation d'immaturité. Le psychanalyste de Phoenix croyait devoir en chercher la source dans un traumatisme enfantin. J'ai cherché ; ma mémoire n'a trouvé que des écœurements mineurs. Mes esseulements n'avaient pas de cause repérable, je me sentais tout simplement peu compatible avec le monde, avec la vie, avec autrui. Mon enfance ombreuse et rêvasseuse s'est écoulée sans qu'il en soit resté plus qu'une nostalgie ordinaire, surtout durant ma scolarité à Moulins, puis mes études à Paris. Après, ça s'est fondu dans le regret d'avoir toujours marché à côté de mes pompes. Et toujours sans destination.

Gilbert me prenait pour ce que j'étais : un glandeur paumé. Son affection me réchauffait le cœur, il m'inspirait du respect, j'aurais aimé ne pas le décevoir. Les soirs de sortie, je l'accompagnais dans une église aux tours carrées qui s'appelait, je crois, Sainte-Madeleine. On voyait ces tours depuis la cour de la gare. Gilbert s'agenouillait devant l'autel, je l'imitais. Il priait Dieu. Je m'y efforçais, mais j'avais l'impression navrante de m'adresser à un sourd qui m'aurait tourné le dos. Ensuite nous allions retrouver d'autres bidasses dans une brasserie que je situe approximativement en face de la mairie. Elle s'appelait Le Grand Café, comme celle de Moulins. Je m'ennuyais vite, nos conscrits tricotaient leur avenir sur des trames repérables. Les contours du mien étaient plus que nébuleux.

Nous rentrions sur la base. Gilbert se couchait tôt, se levait tôt. J'allais marcher seul, le vent criait ou sanglotait à la cime des pins, sa douleur rétablissait entre le monde et moi une sorte de connivence.

Gilbert respectait mon sommeil. Il s'occupait de mes besoins : une fausse permission, de la bière, de l'argent. Il s'était procuré une oreille en peluche et l'avait recousue sur la tête de mon ours. Il aimait beaucoup cet ours. Il était devenu le chef d'une famille concise — lui, moi, l'ours — et je commençais à appréhender le moment où nous devrions nous séparer.

Je recevais des lettres d'Aude, toujours assorties d'un chantage implicite : je suis à toi pour la vie, mais ne tarde pas trop. J'écrivais de longues lettres à Bérénice, elle m'envoyait des cartes où je croyais lire entre les lignes son ennui conjugal.

Du coup, je me suis senti capable d'aller à Biarritz. Tous mes désirs, toutes mes hantises convergeaient vers ce lieu équivoque où du gothique d'opérette surplombe un morceau d'océan bleu surveillé par un phare, encadré par deux palaces blanchâtres posés sur de la rocaille ocre. Que Bérénice régnât sur ce décor lui conférait une magie inquiétante. Enfin je me suis décidé, sans oser le dire à Gilbert, il en savait trop sur mes relations avec ma cousine. Il fallait changer de train à Dax. J'ai cherché le numéro des parents de Brigitte dans un annuaire, au buffet de la gare. Je l'ai composé en espérant entendre la musique de sa voix. J'ai eu celle de sa mère au bout du fil, j'ai raccroché, le cœur en berne, presque désireux de fuir à Moulins ces Landes maléfiques, convaincu par l'effet d'une superstition que mes retrouvailles avec ma cousine seraient un fiasco. Je l'ai appelée en tremblant, j'avais peur que le mari ne décroche. Elle m'a promis de venir m'attendre à la gare de Bayonne. Et après ? « On ira dîner dans la montagne. Seuls. Mon mari est parti voir une corrida en Espagne. » J'ai été soulagé de l'apprendre ; mais que Bérénice dise « mon mari », c'était à la limite du supportable. Dans le train qui se rapprochait des Pyrénées, mon pendule intérieur oscillait entre la pire détresse et l'espérance la moins plausible. Aux abords de Bayonne j'étais comme saigné à blanc, j'ai failli ne pas descendre du train.

Le ciel était bleu, Bérénice aussi : jupe, chemisier, foulard, escarpins. Des boucles de sa chevelure nouée en chignon frisaient sur ses tempes et elle avait peint très légèrement ses lèvres en rose pâle. Elle était plus irrésistible que jamais ; je me sentais si désarmé que des larmes me montaient à la gorge. Malheureusement je n'ai jamais su pleurer ; on dit que ça soulage. Un baiser sur la bouche, bien posé. Deux autres sur les joues. Son sourire, comme un coup de soleil entre des nuages. Elle a mis ses mains sur mes épaules, m'a dévisagé. « Tu as maigri, petit cousin. Les femmes ne te valent rien. » Une seule femme m'aurait valu tout, elle le savait.

Son coupé bleu ciel était une Mercedes du même modèle que celui de Marianne. Je n'avais pas envie de connaître sa villa, près de Chiberta, mais elle a insisté et j'étais comme toujours incapable de lui résister. Une villa moderne où rien ne lui ressemblait. On apercevait l'océan entre les branches d'un cèdre géant. Des surfeurs multicolores dansaient sur les lames argentées. Bérénice m'a servi du champagne. « Alors, raconte ! » Elle savait déjà presque tout, par mes lettres, elle n'attendait que la conclusion : mes projets après l'armée.

Aucun. Je lui ai dit que j'étais résigné à épouser Aude. Elle me l'a vivement déconseillé. « Toi, marié ? Tu ne tiendras pas un mois ! » Armé d'un sombre courage, j'ai osé lui répliquer qu'elle avait bien tenu un an. Elle a pris ce petit air méditatif qui précède ses verdicts capitaux. « Je sais. Je ne tiendrai pas un an de plus. » Son mari la rasait, elle allait divorcer. « À l'amiable, si possible. Je n'ai rien à lui reprocher. Je crois que je ne suis pas faite pour le mariage. Toi non plus. » Le bonheur que j'ai pris à écouter ces quelques phrases passe tous les superlatifs des dictionnaires. J'ai bondi sur le canapé où elle était assise, j'ai posé ma tête sur sa jupe, au creux de ses jambes brunies par le farniente, le seul sport qu'elle a jamais su pratiquer. Je me suis immobilisé dans cette position, transi de béatitude, tandis que ses ongles se promenaient nonchalamment sur ma nuque.

Elle m'a emmené dîner dans une auberge en rase montagne, du côté d'Espelette. Le tenancier la connaissait, il l'a appelée Madame D., ça m'a légèrement agacé, j'ai failli lui dire qu'il n'y aurait bientôt plus de Madame D., juste une mienne cousine qui porterait le nom de son père. Comme avant. Bérénice m'a décrit les étapes drolatiques de son chemin de croix conjugal. Le mari n'était pas mauvais diable, il avait du fric, de l'esprit, de la tenue, et le désir de satisfaire les désirs de son épouse. Il ne lui manquait que l'essentiel : ce gros rien de romanesque sans lequel Bérénice sèche d'ennui, comme une fleur dans un pot si on néglige de l'arroser. Elle ne voulait pas s'ennuyer. Elle voulait être amoureuse pour de vrai, doutait d'en être capable. « On n'est pas cousins pour rien. Il doit y avoir un gène pourri. » Sa moue faussement navrée. Son sourire d'aube givrée. Elle ne savait pas où elle allait vivre, la villa appartenait à ses beaux-parents. Mon oncle n'était pas riche et il venait à nouveau de perdre son emploi. Toute sa vie il a fait l'ascenseur entre quelques hauts et des bas parfois vertigineux. Il changeait de métier, déménageait sa famille, montait des affaires dont la mirobolance ne durait jamais longtemps. Plusieurs fois mon père avait dû le secourir pour éviter qu'on ne coupe l'électricité des villas qu'il louait, toujours au-dessus de ses moyens.

Bérénice ne pouvait rien attendre de lui. Elle n'avait aucun diplôme, et elle ne savait rien faire d'utile. Pour l'inutile elle était championne. « Quelle importance ! » Oui, quelle importance puisque nous étions ensemble. Elle emprisonnait mes deux mains avec ses paumes. « Cousin chéri, il faut que tu sois heureux. » Je n'en disconvenais pas, mais le bonheur sans elle, où le trouverais-je ?

Le dernier verre dans la villa était un piège, pour elle autant que pour moi. Nous ne l'ignorions pas. Nous avions bu pas mal, elle a ressorti du champagne. Le choix de l'ivresse n'était pas innocent. Elle est venue s'asseoir à mes côtés, sur le canapé. Sa tête sur mon épaule. « Tu te souviens ? Le jardin public. » Je m'en souvenais comme si ça datait de la veille au soir. Elle m'a donné ses lèvres, par étapes. Mes mains ont commencé à s'égarer, par étapes également. Les yeux de Bérénice souriaient, son corps bougeait légèrement, l'effronterie de mes mains passa toutes les bornes. Puis d'autres bornes, plus loin. Très loin. Elle a dit : « Tu veux ? » Je n'ai pas dit non, mais j'ai eu peur soudain d'abîmer quelque chose — et cette peur ressemblait comme une petite sœur à celle qui m'avait saisi, à Bordeaux, face au corps désarmé de Brigitte. Celui de ma cousine avait pareillement rendu les armes, le bleu de ses vêtements jonchait la moquette, je pouvais faire ou ne pas faire ce que le désir m'intimait. Il n'en savait rien. Il a mis Bérénice à nu, totalement, il a ôté les peignes qui enchignonnaient sa chevelure. Son corps ne bougeait plus, on aurait dit qu'elle cessait de respirer ; une religiosité planait sur la scène, je croyais entendre le grégorien des trappistes de Sept-Fons dans une chambre de Bordeaux.

Bérénice a rompu le charme. « Au point où on en est ! » C'est elle qui m'a « possédé », comme on dit, sur ce canapé. Chastement. Sobrement. Les mêmes gestes exactement qu'au jardin public de Bercy. Au comble d'un bonheur désolant, je lisais sur son sourire qu'il y avait de tout dans son amour — tendresse, compassion, ironie, maternage, ludisme ; de tout, sauf l'amour.

Elle m'a raccompagné en pleine nuit à la gare de Bayonne. Remis une somme d'argent énorme. « Tant que je peux ! » Embrassé sur les deux joues. Sur les lèvres, brièvement. « Sois heureux, cousin chéri. »

Je me serais passé du changement à Dax. Le buffet de la gare était fermé, j'ai dormi dans la salle d'attente et au petit jour un tacot m'a ramené à Mont-de-Marsan. Il était patent qu'une phase de ma vie venait de s'achever à Biarritz. À preuve le fait qu'à Dax j'avais oublié de penser à Brigitte et qu'à Mont-de-Marsan je suis passé à pied devant le bureau de Marianne sans qu'il m'en coûte. Pourtant son coupé noir était garé sur le trottoir.

L'été s'installait, la base stagnait sous le soleil. Des vents plus ou moins océans trimbalaient des senteurs de pins et de sable. La nuit, des grillons chantaient. De loin en loin l'envol d'un avion cassait le silence, les murs du bâtiment tremblaient.

Chaque bidasse avait en tête un plan de carrière ou tout du moins quelques balises sur sa ligne d'horizon. Gilbert irait à Rome pour y étudier le droit canon pendant un an. Ensuite il serait prêtre, en paroisse ou en mission, peu lui importait : il irait où on l'enverrait, sa personne ne comptait pas. Son altruisme et mon égocentrisme avaient ce point commun : une indifférence qui dans mon cas s'apparentait à du fatalisme. Pas dans le sien.

Je l'aurais bien suivi à Rome, mais je n'avais plus rien à étudier, les livres à présent m'ennuyaient. Dans ces auberges espagnoles on ne trouve que ce qu'on cherche, entre les lignes, et je n'avais jamais cherché que des plans d'évasion. Ayant sympathisé avec des légionnaires en stage de parachutisme sur la base, je me suis vu coiffé d'un képi blanc ou d'un béret vert. Les récits de feu mon oncle colonial sortaient en vrac de ma mémoire, j'y retrouvais ce rousseauisme naïf dont je ne me suis jamais complètement débarrassé. Le désert, la jungle, les fauves. La liberté en ses états sudistes puisque aussi bien les anciennes colonies de la France sont toutes équatoriales ou tropicales.

Parmi les légionnaires il y avait un Hongrois qui avait fait l'Indochine, puis l'Algérie, et présentait les extérieurs du baroud ; son visage était balafré, son torse entièrement tatoué, il décapsulait les canettes avec ses dents. Un homme. Je ne sais pas pourquoi il avait pris en affection ce faux soldat sans uniforme, sans faits de guerre, sans tatouage, sans rien. En règle générale, les gens sont gentils avec moi, comme si un charme les attirait. Ou plutôt les désarmait. Il m'a raconté la vie qu'il menait, elle m'a paru distrayante. Il venait de la Guyane, il allait repartir au Tchad. Ça prête à rêver quand on n'a roulé sa bosse qu'entre le Bourbonnais, Paris, l'Auvergne et la Gascogne. Son français était sommaire, il avait l'accent de la Légion. Il y a une mythologie de la Légion, ses clichés me faisaient de l'œil, ils rejoignaient en quelque façon l'idée de sacerdoce.

Je me suis renseigné sur les modalités d'un engagement. Cinq ans, minimum. Ça m'a paru long. J'ai hésité. Gilbert me déconseillait ce qui lui paraissait une simple échappatoire. Il avait sans doute raison. D'ailleurs le légionnaire hongrois se montrait sceptique quant à mes aptitudes à respecter quelque discipline que ce soit.

Il faisait chaud. Les jours passaient, une angoisse montait en moi comme fait la brume, parfois, dans les vallons autour de Bercy. Où irais-je ? Qu'étais-je ? Avec quel piment relever ce brouet indigeste qui me tenait lieu de sensibilité ? Un autre eût songé au suicide. Je ne m'y voyais pas, il me semblait que ça ne réglerait rien et j'étais curieux malgré moi de ce que la vie me réservait.

Je n'avais pas renoncé à m'engager quand j'ai pris le train pour aller consommer à Moulins ma dernière permission. En tout cas j'étais décidé à quitter la France. Aude m'attendait à la gare. Toujours la même. Toujours cette avenue qui passe devant le théâtre et débouche sur ce cours où il me semblait avoir vécu des siècles. Toujours ces mêmes gestes, sur le même lit ; notre pauvre amour souffrait de la comparaison avec la nuit biarrote. Aude n'y pouvait rien. Jamais elle n'avait été aussi soumise. Jamais

Moulins ne m'avait paru aussi quiète, pour ne pas dire maternelle. Je savais que ce séjour serait le dernier. Aude ne savait pas par quel fil me tenir, j'étais frappé d'un mutisme qui m'emprisonnait, qui m'empoisonnait sans que je puisse le rompre. Le jacquemart croyait découper innocemment le temps ; il sonnait des glas ou des tocsins, l'imminence d'un dénouement m'inspirait une tendresse lugubre et apeurée : j'allais tout perdre, il le fallait, c'était absurde.

Je n'ai pas voulu qu'Aude m'accompagne à Bercy. Elle m'a prêté sa nouvelle décapotable. En voyant la maison de ses parents, à Jaligny, je me suis dit que je l'avais échappé belle. En voyant Bercy je me suis dit qu'il fallait m'échapper vite. Toujours le même clocher, les mêmes vaches blanches, la même mère, le même père, le même cocker. Pas un mot sur le sujet qui les obnubilait : mon avenir. Ma mère a glosé sur le futur divorce de Bérénice, qui défrayait la chronique familiale. Verdict de mon père : « Elle n'était pas mûre. » Il avait de la suite dans la psychologie.

Je savais que j'allais quitter Bercy, l'Allier, les Landes, la France. C'était ma seule certitude. Pour le point de chute je m'en remettais au hasard, c'est encore le guide le moins trompeur. N'importe où hors de mes camps retranchés. N'importe où loin de moi. Je n'emporterais que mon ours en peluche, la photo d'Hélène resterait à Bercy. Je l'ai prise sur la cheminée, embrassée, mise dans un tiroir. Elle doit y être encore, parmi des photos de rockers de mon adolescence, Elvis, Chuck, Cliff, icônes d'un romantisme de petit calibre, dont je crains de ne jamais guérir.

Il m'a suggéré un pèlerinage au jardin public. La guérite du gardien était close. On n'avait pas tondu les pelouses, l'herbe surabondait à l'endroit où Bérénice m'avait prêté son corps. Prêté, donné ? Les images de ces instants de grâce, que je connaissais sur le bout du cœur, geste après geste et aux couleurs près (une robe mauve, le reste blanc), ces images très saintes subissaient un mixage, la robe tournait au bleu, les hanches s'évasaient quelque peu ; Bercy se transportait au bord d'un océan et c'était mon corps qui s'étalait sur du feuillage en forme de moquette. Si au moins j'avais pu pleurer…

Dès mes premières permissions j'avais pris l'habitude de ne rentrer que le lundi, pour éviter les trains bondés de bidasses. Comme j'étais quasiment privé d'identité sur la base, mes retards passaient inaperçus, il suffisait de monnayer le silence des plantons casqués de blanc du poste de police ; Gilbert s'en était chargé. À toutes fins utiles je lui avais refilé le numéro de téléphone d'Aude.

Il m'appela un lundi. J'avais ajourné mon retour pour offrir à mon amante, sans qu'elle le sût, une dernière journée de vie commune. On m'avait dénoncé au capitaine de notre compagnie, il allait me mettre en taule. Pour m'en sortir, Gilbert ne voyait qu'une solution : me faire porter malade. Or, j'étais physiquement en parfait état; j'avais cessé de boire en prévision des tests préalables à une admission dans la Légion et je courais tous les jours sur la base, autour du stade.

C'est Aude qui trouva la parade : une déprime. Ça n'étonnerait personne. Elle avisa un médecin militaire de la base de Varennes, un patelin proche de Moulins, proche de celui où un étudiant qui portait mon nom avait concubiné avec Tine, dans une autre vie. En m'y rendant je suis passé devant « notre » maison. On l'avait repeinte en rose, elle avait l'air presque gaie. Les fenêtres étaient ouvertes, j'ai ralenti, hésité, j'aurais aimé savoir ce que Tine devenait. À quoi bon ?

Le médecin m'a reçu en consultation. Je lui ai dit que ma vie n'avait pas d'utilité, pas de sel, que j'en étais las et désirais la fuir. J'ai dû être convaincant, et pour cause : sur son ordonnance, il a écrit « syndrome dépressif », ça dit assez bien ce que ça veut dire. Il fallait que je me présente avec ce viatique au service psychiatrique de l'hôpital militaire de Bordeaux.

L'habit fait le moine. Vêtu d'un pyjama, d'une robe de chambre et chaussé d'une paire de mules, je me sentais au bord d'une déprime. Mon voisin de chambre broyait du noir pour de bon, il préméditait son suicide avec un luxe de détails ; en l'écoutant délirer je le voyais déjà raidi sur son lit par la taupicine.

C'était le même hôpital où j'avais débuté mon année sous les drapeaux, ma vie tournait en rond, à ceci près que je n'avais plus de goût pour les livres et n'écrivais plus de poèmes. J'aurais pu faire le mur, mais Bordeaux sans Brigitte n'était qu'un puits sans fond ; du reste on avait confisqué mes vêtements. Le candidat au suicide ressassait ses griefs contre l'humanité en de longues péroraisons, puis il s'endormait et j'avais tout loisir de rêvasser en fermant les yeux pour ne pas voir le plafond. Alors je voyais Brigitte nue, les bras en croix, et j'avais envie de hurler. On me fit subir les mêmes examens qu'à l'automne précédent, et des tests psychologiques pour déceler la nature de ma dinguerie. Au bout d'une quinzaine de jours un médecin-colonel me convoqua. Mon dossier faisait état de la valise du diplomate et d'une présomption d'espionnage. Il a dû trouver que je n'avais pas la tête de l'emploi. D'après lui, je n'étais pas fou, juste un peu décalé, aussi apte qu'un autre au service armé. Exécution. Un camion militaire me redescendit à Mont-de-Marsan, où je n'avais plus qu'une semaine à tirer.

Dans les bars de Mont-de-Marsan on entendait des bidasses gueuler « La quille, bordel ! », ça sentait les débuts d'une fin. Le soleil chauffait la ville à blanc, la rivière était à sec. J'avais renoncé à m'engager dans la Légion, ayant cru comprendre qu'il fallait avoir la vocation. Comme à la Trappe. Je n'avais aucune vocation. Aucune ambition non plus, mon orgueil se nourrissait sans appétit d'une solitude poisseuse qui tournait au sentiment de dépossession absolue.

Gilbert était inquiet. Nous allions nous séparer. Que deviendrais-je sans lui ? Je n'osais même plus me le demander. Les derniers soirs, je suis resté sur la base, comme à Moulins j'étais resté dans l'appartement d'Aude. J'éprouvais une sorte d'amour pour ce lieu si propice à ma vacuité, j'aurais voulu ne jamais le quitter. Après tant d'années, il m'en reste une sympathie qui embrasse un paysage de pins dont les coupes s'étageaient sous des ciels blancs et des villes sans prétention où la vie doit être douce. Je ne suis jamais repassé par Mont-de-Marsan ou par Dax. Mais fut un temps où je revenais chaque été en France, et quand je prenais à Bordeaux la route de Bayonne pour aller retrouver Bérénice, j'avais du plaisir à revoir ces étendues qui dessinaient une géométrie apaisante, à base de vert foncé. Les noms de lieux ne parvenaient plus à faire resurgir les visages de Brigitte ou de Marianne, ça remontait à trop de calendes; cependant j'avais la presque certitude d'avoir égaré entre le chef-lieu et sa sous-préfecture un secret qui eût explicité les désastres de ma vie ultérieure.

Je n'ai jamais revu Gilbert. Pendant des années il m'a écrit — de Rome, puis d'une ville de l'est de la France où on lui avait confié une paroisse. Les lettres arrivaient à Bercy, mes parents les faisaient suivre. Elles ont dû être retournées à l'envoyeur, après leur mort. Un jour je me renseignerai, si j'y pense, on doit pouvoir retrouver la trace d'un prêtre. J'aimerais croire qu'il lui arrive encore de prier pour son frère bidasse. J'aimerais être sûr qu'il n'a pas flanché. Car je ne suis sûr de rien; plus je les vois tenter de vivre, plus le papillonnage des êtres me paraît incohérent. Le mien, c'est un comble.

Un soir, je me suis retrouvé sur la place de la gare de Mont-de-Marsan avec mon ours en peluche dans un sac et des larmes à foison dans la gorge. On venait de me « libérer » ; autrement dit la base m'avait éconduit, elle me livrait aux adultes comme on livre un fugitif aux gendarmes. J'étais transi de peur, je ne voulais pas danser leur gigue, je regardais avec un attendrissement puéril la ville que le crépuscule nimbait de mauve. Les deux tours de l'église émergeaient sans ostentation, je me souvenais d'y avoir confié à Dieu des émois trop anodins pour qu'il daigne s'y intéresser. Gilbert m'avait embrassé sur les deux joues au seuil du bâtiment où nous avions improvisé une vie de couple, la seule à peu près réussie si je fais le compte.

J'ai pris des trains de nuit, ils m'ont déposé à l'aube en gare de Moulins. Je ne voulais pas aller chez Aude, elle n'aurait eu de cesse de me harnacher pour me réduire à l'état de conjoint. C'était son idée fixe, depuis toujours : un mari, des enfants. La vie de famille. J'ai téléphoné à Bercy, mon père est venu me chercher. Il avait changé de voiture, une ID bleu pervenche remplaçait la DS vert pomme. Ses tempes commençaient à grisonner et sa préparatrice venait de prendre sa retraite. Sinon, rien n'avait changé à Bercy, rien n'y changerait jamais.

L'été traînait en longueur, mon irrésolution en langueur. Mes parents se demandaient comment ça finirait. Mal, estimaient-ils : je me baladais toute la journée, avec de longues haltes au jardin public, et si Aude téléphonait, je faisais dire à ma mère que je n'étais pas là. À quoi bon réécrire le scénario éculé d'une histoire d'amour qui ne finirait jamais comme dans les romans de gare ? Puisque aussi bien je n'étais pas du bois dont on taille les époux à la bourbonnaise, mieux valait qu'elle en cherche un autre. Ce que je lui ai signifié dans une longue lettre où je prenais tous les torts à mon compte. Elle m'a répondu par retour du courrier que j'étais le dernier des salauds. C'était injuste mais Aude dans ses accès de rage ne faisait pas dans la nuance. Une semaine plus tard, elle m'a adressé une autre lettre, encore plus longue que la mienne, pour me faire savoir en substance qu'elle m'attendrait le temps qu'il faudrait. J'ai préféré ne pas lui répondre.

J'étais aux Antilles quand Aude s'est mariée au printemps suivant. Mes parents furent conviés à la noce, mais déclinèrent l'invitation, ils l'avaient prise pour une vengeance du notaire. Les haines ont la vie longue en milieu rural.

Les sentiments dérivés d'un amour peuvent aussi perdurer. Quand je revenais à Bercy, j'appelais Aude spontanément, nous étions heureux de nous revoir. Son premier mari était industriel à Lapalisse, ils habitaient une jolie maison au bord d'une rivière, près d'un pont, avec un gros château en ligne de mire. Ils ont eu deux filles presque coup sur coup, au début de leur vie conjugale. Puis Aude a pris un amant sur place. On en trouve partout, quand on les cherche.

Le second mari l'a expatriée à Vichy. Chaque fois que je l'ai relancée, nous avons fait l'amour, une seule fois, pour n'être pas infidèles à nos débuts dans la clairière, sur la route de Souvigny. À Lapalisse, c'était commode, le mari se déplaçait souvent à l'étranger et les deux enfants allaient à l'école, nous disposions du lit conjugal. À Vichy, il fallait tenir sa garde, le mari était notaire, casanier, soupçonneux, et l'appartement conjugal se trouvait à deux pas de l'étude, en face de la promenade couverte. L'*idée* de batifoler dans cet hôtel où Hélène m'avait violé jadis m'eût séduit, ma mémoire n'en était plus à une équivoque près. Malheureusement on l'avait démoli entre-temps pour ériger à la place un centre de thalasso. Alors, je prenais une chambre dans un autre hôtel, juste derrière le casino, et Aude m'y rejoignait. L'âge aidant, ses joues se sont creusées, le nez et le menton ressortent davantage, les yeux semblent avoir pris des distances avec le visage. Mais dès qu'ils s'allumaient, les aiguilles du temps faisaient des zigzags sur un cadran de fantaisie, je croyais entendre la voix d'Elvis sur le pont de Régemortes.

La dernière fois remonte aux obsèques de mon père. Aude y assistait avec sa mère et ses deux sœurs que le notaire avait fini par caser, ici ou là, pas loin de Jaligny, avec des maris sans particule car les derniers blasons sont dans la dèche et les bovins ne rapportent plus de quoi les redorer. Je m'en suis aperçu en mettant en vente les hectares de mon père, ils m'ont rapporté des clopinettes. Paul a fait le même constat à la mort de son père : la terre de nos ancêtres ne vaut plus la peine d'être broutée. C'est dommage, le vert des prairies et le blanc des vaches allaient si bien ensemble.

Le père d'Aude était mort lui aussi. Tout semble immuable là-bas, mais on y trépasse, autant qu'ailleurs, et le même vent de l'Histoire qui a déquillé les noblaillons décorne à présent les bourgeois. Au moment des condoléances, sur le seuil de l'église, Aude m'avait glissé subrepticement un bout de papier dans la main. Son numéro de téléphone à Moulins. Car elle s'y était rapatriée, sans le mari, avec ses deux filles qui doivent à présent être en âge de convoler. Aude habitait sur le même cours Anatole-France, de sorte qu'en la revoyant nue il me semblait n'avoir rien fait de plus constant que de me déhancher sur ce corps blanc, dans cette ville aux murs piquetés de rouge et de noir. Le corps s'est enrobé, Moulins s'est élargie ; Aude a tenu son cap, à sa façon : j'aurai été l'homme de sa vie, elle aura lampé cette vie selon ses vues, des maris, des enfants, Jaligny dont la maison à tourelle lui reviendra car le notaire avait fait les « arrangements » avant de trépasser. Une des sœurs aura la villa au Lavandou, l'autre — la moche — ce qui reste des domaines.

Si je revenais, nous recommencerions. Mais pourquoi reviendrais-je vivant ? La maison de Bercy serait trop grande pour moi, il faudrait une épouse dedans, et des épouses, je n'en ai eu que trop.

Le frère du cafetier de Bercy tenait un bar aux Saintes-Maries et il cherchait un associé pour implanter un hôtel. C'est un copain d'enfance, nous avons fait la communale et la communion ensemble. Le hasard voulut qu'il passe chez ses parents alors que je rentrais juste de Mont-de-Marsan. J'ai regardé où flottaient les Saintes-Maries dans un dictionnaire et je lui ai proposé de le suivre. Je dois cette justice à mon père qu'il a cautionné mon prêt. Après l'hôtel des Saintes-Maries, il y a eu celui de San Juan où un aigrefin nous a filouté l'argent que nous avions gagné. J'ai rencontré Béchir à Nassau. C'est un Libanais chiite dont la famille a des positions solides en Afrique, il venait là pour diversifier ses mises. Dieu sait pourquoi il m'a pris en amitié, je n'avais pas le profil d'un homme d'affaires, et quand nous avons fait connaissance, par un pur hasard, dans le bar d'un hôtel, je possédais tout juste de quoi régler ma note. Pourtant, je suis devenu son homme de confiance, ça m'a parachuté du côté du fleuve Congo. Ce que j'y ai vécu en pleine guerre civile semblerait romanesque à un adolescent gargarisé de romans d'aventures. Je n'ai pas trouvé la guerre le moins du monde romanesque et quand on a dû m'hospitaliser à Kinshasa, j'ai pensé à l'hôpital militaire de Bordeaux avec la nostalgie d'un retraité de la coloniale.

Acculé au départ, j'ai rejoint Béchir à Tahiti où nous avons monté une ferme perlière sur un atoll des Tuamotu aussi paumé que Bercy. Quand l'avion se posait à Hao pour faire le plein de kérosène, les soldats français en uniforme m'en rappelaient un autre, sur la base 118 de Mont-de-Marsan, sans uniforme. Puis nous nous sommes risqués dans l'élevage de crevettes au Venezuela avant d'acquérir la plantation de jujubiers en Arizona, entre Yuma et Phoenix. C'était juste après la mort de mon père, la vente de la pharmacie m'a permis de payer mes parts. J'ai dû les revendre pour payer les conséquences de mon second divorce.

Nul exotisme dans ce parcours de lièvre traqué par une meute, rien que le hasard. L'exotisme a dû me chatoyer huit jours, les huit premiers aux Antilles. Un cocotier, ça manque de caractère, et tous les lagons se ressemblent ; celui que nous vendions aux touristes, devant notre hôtel, finissait par m'écœurer. Toujours ce vert opalin. Mes lignes de fuite n'auront obéi qu'à l'instinct de conservation, avec sans doute un reste de cette illusion qu'on est toujours mieux ailleurs.

On n'est mieux nulle part. Mon retour en Afrique après les deux Amériques ne m'a guéri de rien, j'en suis resté, j'en resterai aux irrésolutions qui ont marqué ces deux années de vol plané à basse altitude entre volcans et pins. Le coin de brousse qui m'héberge a lui aussi des ressemblances avec Bercy, c'est encore un bout du monde. Les arbres et les vaches y sont plus maigres, et il y fait plus chaud. Il y a aussi plus de nécessiteux qui n'ont pas le loisir de cultiver un mal de vivre en serre égocentrique, ils ont assez à faire pour ne pas mourir. Mais, pour peu qu'ils en aient les moyens, ils rêvent comme à Bercy d'outrer leur moi en changeant de voiture, en agrandissant leur cheptel ou en accédant au Rotary. Car il y a des Rotary sous toutes les latitudes. C'est sans issue.

Pas mal de saisons se sont écoulées, je ressemble de plus en plus à un vieil adulte. Il m'est arrivé de m'y tromper : j'ai travaillé, convolé, procréé, gonflé mes tirelires. Ça n'a jamais collé ; les êtres me lassaient ou me fuyaient, les projets s'enlisaient ; je reperdais ce que je gagnais et, si la malchance se faisait attendre, je le dilapidais sans m'en apercevoir. Je suis seul comme devant avec mon vieil ours en peluche. Béchir est mort, ses fils m'ont répudié, je n'ai plus beaucoup d'argent et le pays qui m'a gratifié d'un passeport s'envase dans la guerre civile. Quelle importance ! dirait Bérénice d'une voix qui commence à s'érailler, à cause du tabac.

Bérénice… Le psychanalyste de Phoenix inclinait à penser que seule ma cousine recelait les clefs de mon âme. Peut-être. Resterait à comprendre pourquoi je les lui ai toujours confiées, sans jamais la prier de me les rendre. Nous nous sommes posé maintes fois la question, elle et moi, car nous n'avons pas de secret l'un pour l'autre. Pas d'illusions non plus : l'amour nous a floués, je ne puis aimer qu'elle et la réciproque, hélas, ne vaut qu'à moitié, elle n'aurait pu aimer que moi et elle n'a pas pu. Nos divorces ont révélé ce qui nous distingue sur le plan psychologique. Bérénice a élevé dans les règles de l'art les enfants de ses maris, tandis que ma première épouse a emmené notre fils et que son demi-frère m'a faussé compagnie dès l'adolescence. Je n'ai pas insisté pour le retenir : le rôle de père, très peu pour moi.

À présent qu'ils sont des adultes, mes deux fils me témoignent la même indulgence ouatée que celle de mes parents, jadis. Leur père est incurable, ils se sont faits à cette idée. Le benjamin est du genre sentimental, il m'a fait promettre de l'emmener à Bercy sur la tombe de ses grands-parents. On ira, un jour. Il habite Tucson, dans l'Arizona. Sa mère s'est suicidée peu après notre séparation, qui ne fut pas à l'amiable. Il y avait un autre homme en cause au moment du drame et elle se délitait bien avant de me connaître, mais je me suis senti coupable. D'où la psychanalyse. Notre fils n'a plus de famille américaine. Sa mère était hondurienne et orpheline ; voilà pourquoi il se raccroche au cimetière de Bercy. L'aîné se fiche éperdument de ses racines du côté de son père de sang, il en a trouvé un autre plus reluisant, le mari de sa mère. Tant mieux pour lui.

Seule ma cousine entretient à fonds perdus un culte de Bercy. Ses parents y sont inhumés dans notre caveau de famille, ça lui fait plaisir d'aller les saluer. Chaque année, à la Toussaint, je lui envoie un chèque, pour les chrysanthèmes, en me disant que le hasard aurait mieux fait de laisser vivre mon frère, plutôt que moi. Je voudrais faire don de ma maison à Bérénice, j'aurais l'impression qu'une boucle se referme. Elle s'y oppose. « Tu as des fils, ça leur revient. » Ça leur reviendra, mais ils n'auront rien à en faire. Si je meurs avant Bérénice, elle ne pourra pas la leur racheter, faute de moyens : ses parents ne lui ont laissé que des dettes, elle tire le diable par la queue, ce qui n'affecte en rien sa désinvolture.

Réduite à l'état de clocharde, ma cousine aurait toujours l'air de sortir d'un empyrée, elle doit tenir ça de son père. Mon oncle portait toujours beau, flambait toujours neuf, par mimétisme peut-être : à Bercy, jusqu'au bout de leur dégringolade, les châtelains du cru auront donné le change de la distinction.

Je vois moins souvent Bérénice depuis quelques années car je répugne de plus en plus à séjourner en France. C'est mon pays mais dès que je m'y pose, j'ai le sentiment d'une dette à son égard, une dette du cœur dont je ne puis honorer le service parce que trop d'intérêts se sont accumulés. Mes affaires cependant m'astreignent à y retourner. Alors, je m'évade de Paris aussi vite que possible et je file vers le Cap-Ferret où Bérénice a posé ses pénates après son dernier divorce. Il y a l'océan d'un côté, le bassin de l'autre, et des pins autant que dans les Landes. C'est reposant. Bérénice a pris un emploi de réceptionniste, dans un hôtel de second ordre. Une autre aurait trouvé malséant de se mettre à travailler aux abords de la cinquantaine. Peu lui chaut. Rien ne lui pèsera jamais. L'éclat de son rire ensoleille le hall de cet hôtel et quand elle s'occupe des clients, on dirait qu'elle joue à la maîtresse de maison. Le bungalow qu'elle a loué au creux d'une dune a beau être exigu et de guingois, on s'y croirait chez une milliardaire tant soit peu excentrique.

Tantôt un homme transite dans sa vie, et à sa façon de le cisailler je peux déduire combien de mois ça va durer. Jamais longtemps. Tantôt il n'y a personne, et son corps est à mon entière disposition. Je n'en abuse pas. Moins nous jouerons à quatre mains notre concerto printanier du jardin public, moins nous risquerons qu'il tourne à la complainte automnale. Aude, c'est différent, nous sommes deux vieux amants, nous savons quel *avant* il s'agit d'explorer, sans ignorer les décennies et les infortunes qui nous en séparent : n'importe quel microsillon se raye à la longue.

Tandis qu'avec Bérénice, l'aubaine d'un miracle reste plausible, encore qu'improbable. Aux approches de son corps, le mien a toujours des effarements de jouvenceau, et ma cousine qui en a vu d'autres n'est pas plus délurée. Aux amants d'une saison les sophistications monotones de l'érotisme. À moi les préludes enchantés d'un amour qui n'aura pas de terme.

Quand le psychanalyste de Phoenix poussait ma mémoire dans ses retranchements, elle n'avait rien de croustillant à lui servir sur mon enfance, mon adolescence, mes années d'étudiant à Paris. Presque rien sur ma vie dite active. Le suicide récent de la femme que j'avais aimée

— mal aimée — dans des transes incroyables m'inspirait certes de la culpabilité, mais ce fardeau, je le portais comme s'il eût appartenu à un autre. Et je vivais comme toujours au présent de l'indicatif, soumis aux caprices de l'instant, sans perspective sur des lendemains qui n'auront jamais chanté l'air que je croyais pouvoir en escompter. Le cadrage de mon champ mental, la substance de mes émotions, les couleurs, les saveurs, les douleurs, les extérieurs — tout s'est condensé en deux années où pourtant mon inconsistance frôlait de très près le néant. Ma cartographie intime a occulté des confins autrement pittoresques que les volcans de l'Auvergne et les pinèdes de la Gascogne. Dès lors que je me suis exilé pour de bon, aucun être n'a pu me blesser, aucun n'a su m'enchanter — et si j'ai aimé des femmes, c'est d'une sorte d'amour qui ne tient pas la distance ; on s'y brûle les ailes mais le premier vent cautérise la plaie, et ça repousse.

Aventureuse selon les critères admis, ma vie n'a pas de sel ni de poivre, je la vois filer en cahotant depuis trente années avec l'apathie d'une vache blanche qui regarderait passer un train sur des rails bourbonnais. Sa matière et sa dynamique ont été épuisées ; au fond tout s'est condensé dans mon âme, à la faveur de l'oisiveté, sous les auspices magiques et maléfiques d'une féminité insaisissable. Philosophe, conquistador, poète, moine, légionnaire : autant d'alibis pour tromper la dissémination calamiteuse de mon pauvre moi, reflet minable d'un phénomène sans doute historique. Bérénice, Aude, Hélène, Tine, Sophie, Marianne, Olivia, Concepción : miroirs brisés d'une quête stérile car vouée à l'éparpillement. Je mets Brigitte à part, l'inachèvement la protège ; plus les années s'écoulent, plus mon imagination la sculpte sur un jardin public fleuri par le printemps, statue virginale bénissant le tendre égarement de deux cousins à la mode de nulle part.

La pluie s'acharne. Les formes s'estompent ; le ciel, l'estuaire, les arbres se fondent dans un gris assez désespérant. Si j'étais à Bercy j'entendrais sonner les heures au clocher et je regarderais passer les voitures sur la route de l'Est. Je ne regarde rien, j'écoute les battements de mon cœur, ça revient à peu près au même, l'attente sans objet fait toujours bruire une pluie crépusculaire. Au cimetière, dont on aperçoit les croix de la fenêtre de ma chambre, je suppose qu'elle continuera de m'entêter. « Quelle importance ! »

Auriac, hiver 2002

DU MÊME AUTEUR

Aux Éditions Gallimard

EN DÉSESPOIR DE CAUSES, *roman*, 2002 (Folio n° 3923).

INCERTAINS DÉSIRS, *roman*, 2003 (Folio n° 4268).

Aux Éditions de La Table Ronde

LE RETOUR DE D'ARTAGNAN, 1992.

RUGBY BLUES, 1993. Prix Populiste. Grand prix de la Littérature sportive.

ELVIS, BALADE SUDISTE, 1996.

SPLEEN EN CORRÈZE, 1997 (« La Petite Vermillon »).

LES MASQUES DE L'ÉPHÉMÈRE, 1999. Prix Paul-Léautaud (Folio, n° 3579).

LE BONHEUR À SOUILLAC, 1982. Prix Libre. Prix de La Table Ronde française (« La Petite Vermillon »), 2001.

LE MYSTÈRE SIMENON (« La Petite Vermillon »), 2002.

LE VENIN DE LA MÉLANCOLIE, 2004. Prix du Livre Politique. Prix des députés.

LA MANCHE DE DON QUICHOTTE, 2005.

L'ÉTÉ ANGLAIS, 2005 (« La Petite Vermillon »).

Aux Éditions Robert Laffont

LE RÊVEUR D'AMÉRIQUES, 1980.

L'ÉTÉ ANGLAIS, 1983. Prix Roger-Nimier.

À LA SANTÉ DES CONQUÉRANTS, 1984.

L'ANGE DU DÉSORDRE : MARIE DE ROHAN, DUCHESSE DE CHEVREUSE, 1985.

MAISONS DE FAMILLE, 1987. Prix Kléber-Haedens.

UN LÉGER MALENTENDU, 1988.

LA CORRÈZE ET LE ZAMBÈZE, 1990. Prix Jacques-Chardonne.

L'HÔTEL DE KAOLACK, 1991.

LE JEU ET LA CHANDELLE, 1994.

DERNIER VERRE AU DANTON, 1996.

DON JUAN, 1998.

Chez d'autres éditeurs

SPLEEN À DAUMESNIL *suivi de* LE TOUR DES ÎLES, *Le Dilettante*, 1985.

VICHY, *Champ Vallon*, 1986.

LE BAR DES PALMISTES, *Arléa*, 1989.

JE ME SOUVIENS DE PARIS. Peintures d'André Renoux, *Flammarion*, 1998.

BOULEVARD DES MARÉCHAUX, *Le Dilettante*, 2000.

LE DIEU DE NOS PÈRES, *Bayard*, 2004.

Composition Interligne
Impression Maury
à Malesherbes, le 13 septembre 2005.
Dépôt légal : septembre 2005.
Numéro d'imprimeur : 116475.
ISBN 2-07-031857-5. / Imprimé en France.

25